秦淮之夜

〔日〕谷崎润一郎——著

王晗——译

〔日〕谷崎润一郎 —— 著　　王晗 —— 译

秦淮之夜

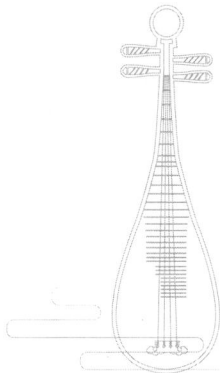

北方联合出版传媒(集团)股份有限公司
万卷出版有限责任公司

© 〔日〕谷崎润一郎　王晗　2022

图书在版编目（CIP）数据

秦淮之夜 /（日）谷崎润一郎著；王晗译. -- 沈阳：
万卷出版有限责任公司，2022.11
ISBN 978-7-5470-6000-1

Ⅰ.①秦… Ⅱ.①谷… ②王… Ⅲ.①散文集－日本
－现代 Ⅳ.①I313.65

中国版本图书馆CIP数据核字(2022)第080039号

出版发行：北方联合出版传媒（集团）股份有限公司
　　　　　万卷出版有限责任公司
　　　　　（地址：沈阳市和平区十一纬路29号　邮编：110003）
印 刷 者：天宇万达印刷有限公司
经 销 者：全国新华书店
幅面尺寸：127mm×190mm
字　　数：120千字
印　　张：6.5
出版时间：2022年11月第1版
印刷时间：2022年11月第1次印刷
责任编辑：齐丽丽
责任校对：刘　洋
策划编辑：村　上　苟　敏
封面设计：言　成
ISBN 978-7-5470-6000-1
定　　价：38.00元
联系电话：024-23284090
传　　真：024-23284448

目录

中国旅行

我于十月九日从东京出发，在中国旅行了整整两个月。

　　途中行程大致从朝鲜经中国的满洲到达北京，再从北京坐火车到汉口，从汉口沿长江而下到达九江，再去登了庐山，又回到九江，之后又从南京到苏州，从苏州再到上海，从上海到杭州，然后返回上海，最后从上海回到日本。

　　有人问我觉得哪里最有意思，我个人比较喜欢的是南京、苏州、上海一带。在从北方走过来的人看来，那一带风景秀丽、树木繁茂、水美人美。通了火车，交通便利，气候也宜人。

　　我去南京时正好是十月二十日前后，还是蝉鸣的季节。杨柳依依，如春天般婀娜，给人一种难以名状的舒适。

越往南走，就越舍不得在朝鲜一带花钱。我想，等春天来了，我一定要再去中国看看。

一九一八年十二月十九日

南京夫子庙

夫子庙位于南京市区南边最繁华的地带。

夫子庙前流淌的河水便是著名的秦淮河，这是古代秦始皇始建的运河。

从各地来的运货船，从长江进入此运河，在这附近卸货。因此，即便是在沪宁铁路已经开通的今天，此地依然十分兴盛。

夫子庙因现在改成了兵营，不让入内。但庙前的空地上如集市般摆满了各种小摊：有耍大蛇的，有在戏棚里表演戏剧的，从白天开始就有人表演，有点像浅草公园，人头攒动，好不热闹。

秦淮河上的船叫画舫，像日本的屋形船①。人们叫来许多艺伎，在船上弹琴唱歌，边品尝美食，边随船前行欣赏美景，终日热闹非凡。这一带便是南京的烟花柳巷，两边的饭馆和娼馆鳞次栉比。

---

① 屋形船：设有屋形顶棚的船，用于游览河川。

秦淮之夜

下午五点半，我回到位于石板桥南的旅馆，觉得今晚的月色这么好，就这么闷在旅馆的二楼实在有点可惜。于是我想再去秦淮河岸逛逛，洗完澡后，我又雇了导游，叫了两辆黄包车。

"可饭都已经准备好了，您吃了饭再去吧。"

女佣对我说道。她不知道我一会儿要去哪里，瞪圆了双眼。

"不用，今晚我去外面吃，正好尝尝中国菜。"

不管三七二十一，我换好西服，下了楼梯。

"先生，今晚吃中国菜吗？"导游笑着问我。导游是一个三十七八岁的中国人，日语说得很好，很招人喜欢。听说不久后他要去日本做陶器生意，他很了解日本人的喜好，非常机灵。这次中国之旅，我对其他导游的敷衍和懒惰感到不快，唯独这位中国导游是个例外。他多少有些文字上的素养，因是本地人，对当地的传说都很熟悉，比那些无知的日本导游不知道强了多少。而且对客人来说，因导游是中国人，反而少了些不必要的拘谨，可以放心大胆地游玩，很是方便。不要以为中国人是刁钻圆滑之人，要是请旅馆的人帮忙介绍一个靠谱的导游，那一定是中国人。

"找一家什么样的中国菜馆呢？这一带也不是没有……"

"这一带没什么意思，咱们再去秦淮河那边看看吧！"

于是，导游的车在前面，我的车在后面，两辆人力车便沿着旅馆前面的大路径直朝南去了。

外面已是黄昏。与日本不同，在中国，无论是在北京还是南京，一到夜晚，便非常冷清。既无电车行驶，路灯也不亮，街上一片寂静。被厚厚的围墙围住的一户户人家，一个窗户都看不到，大门紧闭，从里面透不出一丝光影。即便是像东京银座那样的繁华街市，许多商店到了晚上六七点也关门了。何况这里的旅馆周边都是一户户人家，一过六点，本就没什么人的街道就像深夜一般鸦雀无声。月亮还未升起，不巧，天空中飘浮着几朵雨云，看来是看不到原先期待的月夜之景了。我们的人力车发出哐当、哐当的低沉的声音，划破了四周的寂静（中国的人力车很少有橡胶轮胎的），偶尔也有单独的一辆马车驶过，发出嗒嗒的马蹄声响。只是，那马车的车灯只能照亮地上一尺左右的地方，车厢里仍是一片漆黑。从我们旁边擦肩而过时，玻璃窗突然在黑暗中闪过一道亮光，嗖的一下便驶过去了。

人力车在庐政牌楼处向左拐，拐进黑暗幽静的小巷。两侧耸立着墙面已剥落的砖墙，道路如锯齿形曲折，人力车便沿着这弯弯曲曲的街道行驶。两侧的墙壁动辄将我们夹在中间，好像马上就要撞上去了。要是把我扔在这儿，恐怕我一晚上也走不回旅馆。终于走出了两侧围墙紧逼的街巷，前方出现了一片空地。

空地被四角形的墙壁围在中间，像是被拔光了牙的口腔般开阔。瓦砾如被烧后的废墟般堆积，还有一片不知是沼泽还是古池的水洼。在中国的城市中，市区里有空地并不稀奇，在南京尤其多。我们白天经过的肉桥大街北侧的堂子巷附近，有许多水洼，还有几只鹅在里面游泳。可能正是因为有这样的地方存在，旧都才能被称作旧都吧。

又走了许久，我们再次走进一条宽广的街道。说是宽广，也就勉强与日本桥的街道宽度差不多。两侧都是商店，但是没有一家亮着灯。仔细一看，路中央立着一座牌楼，白色招牌上写着"花牌楼"，在夜色中依稀可见。

"这边的街道叫花牌巷吧？"

我坐在车上，大声问导游。

"是的，明朝时，南京还是都城，这里是为宫女、官员们做衣裳的裁缝们住的地方。那时，你只要来到这条街，每家的裁缝都会展开漂亮的衣裳，用各种绢丝绣着美丽的花。因此，这条街被称作花牌巷。"

坐在前面那辆车上的中国人大声回答道。听他这么一说，不知为何，这幽暗的街道瞬间变得亲切起来。不知在这紧闭的一户户门里，现在是否还有裁缝，在灯光下展开华丽的衣裳，耐心地挥舞着精巧的绣花针呢……

就在我沉溺于这样的空想时，人力车已穿过太平巷、柳丝巷，走过了四象桥。秦淮的夫子庙好像就在这附近了。这里我白天虽也曾经过，但具体是怎么走的，一点儿也想不起来了。路又窄了起来，人力车一会儿走过围墙紧逼的小巷，一会儿穿过空地，沿着右侧有狭长墙壁的路巷，一会儿右拐一会儿左拐，总算出了姚家巷，来到了秦淮河岸。沿着河岸再走两三百米，便是孔庙。这里白天十分热闹，来烧香的善男信女络绎不绝，卖点心的、卖水果的、卖杂货的各种小摊，玩杂技的、耍大蛇的，摆了一长串。但是这里警察管得严，一到六点，玩杂耍的、摆小摊的都得走。这里夜晚之所以这么安静，是因为有革命骚动，有许多军队进来的缘故。就我自己的经验来看，一般的平民性格十分温和，从未见过粗暴无礼之人。麻烦的唯有军队。无论是在北京还是天津，军队随处可见，到了晚上，便在大街上大摇大摆地行走。因为有规定，只有士兵可以免费到剧场和戏院玩乐，其他的客人自然也就不去了。因此，军队跋扈的城市，街市就不兴盛。虽说有革命骚动，但眼下，这一带十分太平，真是不懂为何要在这里派驻军队。他们白白地占领当地的名刹伽蓝，用作他们的兵营，除了扰乱民心什么作用都没有。而这其中，像南京这样的，是被他们害得最惨的城市了。

不过，看起来饭店是唯一连士兵都不能免费入内的地方，从利涉桥的桥头一直到贡院西街的拐角，在这两三百米的街上，南京一流的饭馆鳞次栉比，一直营业到深夜。我们的人力车，停在了其中一家名为"长松东号"的饭馆前。

"我们进去看看吧。这里有正宗的南京菜。"

导游说着，便进了门。比起外观，里面出乎意料的气派。中间是宽广的长方形中庭，四周建着两层巍然的楼阁。虽是涂着绿漆的木造房屋，但装修的绝不敷衍。二楼的栏杆和回廊的柱子上都有精细的雕刻，柱子上下挂着灯笼，放着盛开的菊花盆栽。站在中庭环视楼上楼下，每个房间都站满了客人，或赌博，或猜拳，好不热闹。我本想坐在二楼挨着秦淮运河的客房，但进来时店家说只剩一楼右侧的一间空着，无奈我只好将就一下。房间里也布置得十分雅致。在北京，即便是一流的饭馆，室内也不干净；而在这里，从今晚开始终于可以安心地享受美食了。我在日本时，就已吃过不少中国菜，从服务员拿来的菜单中，我点了以下四品：

醋熘黄鱼　炒山鸡

炒虾仁　锅鸭舌

另外还点了几个冷菜和口蘑汤。南方菜和北方菜，在材料上并无大异，口味上却明显不同。特别是我在吃第一道菜——炒虾仁时，这种感觉尤为深刻。

听说虾仁是这一带的名产，原料自然是上乘的，但味道却十分清淡。即便是日本菜，也做不到如此清淡。面对如此佳肴，就是再怎么吃不惯中国菜的人，也不会不喜欢的。

"怎么样？听说这河对岸有许多艺伎，美女如云。"

我一杯接一杯地喝着绍兴酒，对着河水说道。中国导游已喝得微醺，面色绯红，他笑着回答：

"是啊，美人可不少。日本来的客人大多会叫艺伎来看看。怎么样，我们也叫一个吧。叫来唱唱歌，三块大洋就行。"

"光是叫来唱唱歌没什么意思，干脆我们去那儿看看吧。带我去你熟的店里就行。"

"行，那样也挺有意思的。"

导游点头说道。

"这样虽亦有趣，可因为军队的野蛮行径，对面河岸的艺伎馆里一个女的都没有了。为防止被军队找到，她们都躲到阴冷幽暗的地方去了。所以要找的话很麻烦。"

他的话更加激起了我的好奇心。

"但起码，一两家你总是知道的吧？"

"也对，要找的话总归还是有的。好吧，我带你去。"

一边说着此事，两人已吃饱喝足。虽说出旅馆时确实很饿，但就我这个饭量很大的人现在也吃撑了。隔壁的房间和中庭对面的房间里，都还是很热闹。夜色渐浓，猜拳的吼叫声、沉迷于赌钱的人将硬币摔在桌上叮当作响的声音，盖过了秦淮河的水声，传得很远。

"到了夏天比这还要热闹。每晚，无论是饭馆还是艺伎馆，都挤满了客人，运河上漂浮着好几艘画舫，里面有唱歌的，拉胡琴的，好不热闹。这个时节天气渐凉，因此客人比平常要少。"

"画舫大概是什么时候到什么时候生意兴隆呀？"

"嗯，每年三四月的初春到九月底左右吧。"

我为自己没能早点来感到深深地后悔。这个时间夜晚静谧，无法深入体会到南国的情趣了。总之，我想等到风和日暖的时候，再来一次。

"今晚多谢您款待，我喝得酣畅淋漓，心情舒畅。我们准备走吧。"

中国人干完第二瓶绍兴酒，看了看我的脸色，说道。桌上还剩了许多菜，但两人都已吃不下了。我们叫服务员拿来账单一看，才花了两块大洋。吃得如此酒足饭饱，才花两块大洋，实在是便宜。这要是在日本的中国饭馆吃，起码得花七八日元。

来了中国，觉得又贵又难吃的是西餐和日本料理。特别是中国人做的西餐，那味道实在是一言难尽。而中国菜，虽然餐具有些不干净，但吃起来最愉快，而且非常实惠。

我们在饭馆前再次坐上人力车，此时已是夜里十点。我们沿着河岸一直向东行，来到了白天有画舫穿梭其下的利涉桥畔。

南京的桥，两侧大多挤满了人家，既看不见河里的水，也分不清桥是从哪儿开始的，唯独秦淮河上的桥是个例外。无论是文德桥、武定桥，还是眼前的这座利涉桥，都像是日本乡间常见的木造桥，白天经过时，还看到铁栏杆上晒满了白菜。

河的这边是鳞次栉比的饭馆，对岸是狭窄的小巷，屋瓦相连的艺伎馆错落其间，这里像极了大阪的道顿堀[①]。不过，正如导游所言，家家关门闭户，黑灯瞎火。

不知不觉间，月亮出来了，透过微阴的天空洒下淡淡的月光，在睡得正沉的运河水上，投下青白色的倒影。昏暗的街道如同死去一般，在黑暗里延伸。

人力车走出利涉桥北侧桥头，像是被漆黑的街道吸进去一般，朝左行去。令人不可思议的是，从河道那头看有那么多艺伎馆，来了之后却找不到入口在哪里。我们的车依然沿着两侧都是土墙的狭窄街道穿进穿出。路终于窄得只能容一辆人力车通过，地上铺满了如瓦片大小的石头，凹凸不平。车就在这样的石子路上咔嗒咔嗒地剧烈摇晃着，拐过一个个墙角。我已经连河在哪个方向都分辨不清了。不一会儿，车终于

----

① 道顿堀：位于大阪市中央区道顿堀河南岸的繁华街，这里剧院、曲艺场、电影院、饮食店等鳞次栉比。

走出了连车都差点无法通行的狭窄小巷，我们让车子在那儿等，两人沿着围墙往前走。鞋跟与地上凸出的石子相撞，发出声音，这条路可真不好走。地上到处流淌着黑水。白墙——与其说是白墙，其实是灰色的土墙，上面满是污渍——上方，月亮投射出朦胧的光芒，仅这一块，犹如电影里的夜景一般，有些许光亮。

说起来，这条街很像是我们在电影里多次看到的，恶棍的手下或是侦探逃命，或是跟踪尾随的西洋小巷的景色。混入这种地方，要是导游是个恶棍的话，我还真不知道会遭何种毒手。想到这里，我不禁有点毛骨悚然。

"喂，喂，这种地方会有艺伎馆？你到底知不知道艺伎馆在哪里？"

我悄悄地对导游说。

"请稍等一下，我记得就是在这附近啊……"

他小声回答我。不知为何，他一直在同一个地方徘徊。也或许不是同一个地方，总之，这一带的路实在是让人难以分辨。

终于，我们遇到了一间右侧开着六尺左右的门、屋内点着灯的人家。这像是一家卖吃食的店，炉灶上像是在烤红薯，升起暖洋洋的烟。过了这家店再往前走十多米，路又变成〈字形，向左边拐去。

导游让我站在原地，他折回刚才那家冒着烟的店铺，像是在问他们什么似的，说了好久。黑暗中，只有站在路边的那导游的脸，被店门口的光亮照得通红……他马上又回到我这里，轻松地哼着小曲，再次在前面带起了路。

"啊，就是这儿，我们进去看看吧。"

往前走了不过五六步，他便停下对我说。我抬眼一看，右侧墙壁上，一盏快要熄灭的四角灯笼亮着微弱的灯光。"姑苏桂兴堂"——玻璃灯罩上用朱漆写着这几个大字，朱漆虽已剥落，但还可以看清。灯笼底下有一扇最多只能容一人通过的门。说是门，其实就是在两三尺厚的墙壁上挖出一部分，再从里面装上一个板门罢了。当然，家中的人声和灯火都不可能漏出，如果不仔细看，会觉得只是土墙表面凹进去了一块。怪不得从刚才开始，就只觉得墙连着墙，都找不到门了。

我想用手推开那道门，却意外地发现门前有个人影在动。厚厚的围墙形成深深的暗影，在影子的凹入处，一个人靠着门，像壁龛里的雕像般呆立不动。这应该是在门外站岗的人吧。导游跟他说了几句话，他便立马点头，咔嚓、咔嚓地为我们打开大门。

家中也很暗。屋内几乎没有一件像样的装饰。四周的墙壁上，全都贴满了卷纸般廉价的发光的壁纸。不过，这纸也很旧了，说是发光，实际和毛坯墙一样粗糙。只记得一角放着一张紫檀桌子和两三把椅子，房间里只点着一盏煤油灯，冒着油烟，整个房间都是暗暗的，非常阴郁。

房间里一个人也没有，于是我便坐在椅子上等。不一会儿，一个穿蓝色衣服的女人，端着一盒西瓜子和一盒南瓜子进来了。她看上去不像是利欲熏心的人，用中文说着我听不懂的话，向我投来一个善意的微笑。

之后，一个像是这间房的主人的女子，后面跟着两个小姑娘，袅袅婷婷地走了进来。她坐在我和导游中间的那张椅子上，将一只手搁在桌子上，另一只手伸长将她带来的香烟给我们俩。

我请导游为我翻译，问了她的名字和年龄。她名唤巧，年方十八。在昏暗的光线中，我看到她的脸丰盈圆润，白得发光。尤其是小巧的鼻翼两边，白里透红。更添其美色的是，比她穿的黑绸缎衣服更黑的，一头发亮的秀发，以及可爱灵动、仿佛十分惊讶一般睁大了的眼眸。我在北京也见过各种各样的女子，这么美的我还是头一次见。

其实，在如此煞风景的、昏暗且脏兮兮的房间里，住着这样一位"天然去雕饰"的女子，实在令人不可思议。用"天然去雕饰"来形容她的美，是再贴切不过的了。因为她的五官虽不算是典型的美人，但是她光泽的肌肤、灵动的双眸、盘起的秀发、整体的身段，这一切将经过精心培育过的艺伎的可爱展现得淋漓尽致。

她说话的时候，眼睛和手都在动。盖住前额的刘海儿、镶着翡翠的金耳环，随着她脖子的扭动不断地抖动，时而突然现出双下巴，眼神呈思考状，时而张开双肘耸耸肩，最后取下将秀发盘起的黄金簪，将其用作"牙签"，露出了她"天然去雕饰"中最让人赏心悦目的牙齿，她的身体、表情不断地发生变化，令人目不暇接。

"这里算了吧，我们再去找别家。我刚才出价十五块大洋，可她们非要四十大洋才肯答应。真是太荒唐了，四十块也太贵了，我们还是去别的地方吧。"

最近银圆涨价，四十块大洋大概相当于八十块日元。我的钱包里还有六十大洋。不过如果花掉四十块，在苏州旅趟游，在到上海的正金银行取上钱之前，就只能用二十块大洋勉强度日了。热乎劲儿已经下来的我，已经不想在这里为这女子做这么大的牺牲了。

"的确是个美人，可是四十块太贵了。已经十一点多了，差不多我们就回去吧。"

我说着便站起来准备走。

"不用着急回去的。这个美人不行，别的地方还有其他美人。不用花四十大洋，有又便宜又好玩的地方。"

导游以为我是个浪荡公子，有点过于热心了。

我不想被带到什么奇怪的地方，破坏了这好不容易碰到的美女的印象。我更愿意将如幻影一般珍贵的这位女子的模样，秘密地藏在我的内心深处，就此踏上归途。

女子将我们二人送到门口，从里面锁上了门。我们又脚步沉重地踏上了石板路。往前走了十多米，果然又出现了一家宅邸。

同样是被厚重的围墙围着，一扇紧闭的小门，如牢狱之门一般昏暗冷寂。

导游一个人进去了，不一会儿，他出来说："这里没有，应该还有其他地方。"原来只要稍加注意，这附近有很多隐藏的院落。虽说是为了躲避士兵的暴行而逃到此处，可比起北京胡同的繁荣，这里未免也太过凄凉。以东京作比的话，这里就像是水天宫后面的小巷。在这几户门前，导游都停下来驻足小望，不过都是匆匆一瞥便走过去了。

"这附近没什么有意思的了，我们坐车去别的地方吧。"

导游像是自言自语般地说着，便折返到来时的路上去了。说是要坐车，不过附近一辆车也没有。从刚才开始，我们沿着土墙转了好几道弯，可除了我们之外，连个人影也没看到。

我们就像是在可怖的废墟间徘徊一样。深夜在这种地方若真有人影飘过，那一定是幽灵了吧。实际上，这路上的光景，说是人间的路，倒不如说更像是阴间的小鬼游荡的地方。

从狭窄的道路拐向稍微宽阔一点的道路时，我们总算找到了一辆人力车。那里有一家像是卖日本砂锅面的店铺。这家店也让我觉得不可思议。店开在这种地方，谁会来吃呢？要是真有来吃的，恐怕就是幽灵了吧。不，也许这开店的老头就是个幽灵。

一个车夫在那吃着烧卖还是什么的。导游让我上车，他在后面跟着。不时从后面传来抑扬顿挫的声音，指示车夫"向右转""向左走"。接下来要去哪里，恐怕他自己也没想好吧。

往前走了两三百米，导游终于又找到了一辆人力车。两辆人力车终于走出了废墟，咯噔咯噔地走在一条街市上。

这条路我之前好像走过，但还是搞不清方向。左侧出现了一家挂着"太白遗风"招牌的店。人力车经过时，我窥视了一下店内的模样，里面像是乡间的酱油房，摆着几个被煤熏得漆黑的大桶。看着也像是卖油的商店，不过从其招牌"太白遗风"来看，多半是个酒铺。我不由得想起了佐藤春夫的《李太白》。如果把这招牌告诉佐藤，他一定会觉得很有趣……再往前走十多米，有一个如吉原①大门似的建筑，依稀可

---

① 吉原：指东京都台东区浅草北部，原为妓院区，现为千束的一个地区。

见上面写的是"秦淮桥"。

秦淮桥的话，我今天早上来过这一带。尽管如此，先前从夫子庙旁的饭馆出来的我，又被带到这里了。

人力车经过秦淮桥后，再一次朝夫子庙的方向折返回去。不同的是，上次经过秦淮桥是去利涉桥的桥头，这次是不拐向夫子庙，过了桥直接向前奔去。我之前来过桥下，可到桥的对面，今晚还是头一回。不知这里的街道是什么样的，我正想着，我们的车沿着河岸拐向右边，接着又向左折去。

月亮已经完全落下，周围比之前更暗，连街景都看不清了。只是依然有煞风景的冷灰色墙壁，如古城的石垣般向前延伸，间或有几处荒草茫茫的空地。总之，我们是朝着郊外更加荒凉凄寂的地方驶去。走过墙壁的尽头，来到一片空地，吹来一阵凉风，里面含着湿冷的空气。四周昏暗阴森的光景越是渗入我的体内，我的脑海中就越浮现出三十分钟前见到的面庞。

无论如何，在这废都般的街市，能遇到如此美人，就像是在做梦一样。我更加后悔因舍不得花四十块大洋而没有留在那里……车子"咣当"一下猛地弹了起来，向右拐入一条凹凸不平的道路。一看，左侧有两三户人家，右侧是一个古池。池畔有五六棵有年头的柳树，繁茂的枝叶如黑色的幕布般垂下，沙沙作响。池中铅灰色的水闪烁着浑浊的光，似乎在与柳叶一起颤动。

本文有删节。

《苏州纪行》序

我是去年秋天去苏州游玩的，十月二十二、二十三、二十四、二十五，前后四天。

第一天上午从南京出发，在车上眺望着中国最丰饶的江南绿野的景色，于下午五点左右到达位于阊门外的苏州停车场。

我们的马车沿着一马平川的南北护城河大道行驶了一里①半的路程，在日暮时分到达了日租界。

途中经过戈登桥时，往左边护城河的方向望去，只见连绵不绝的城墙沉稳地矗立着，仿佛那不是包围着的富饶的苏州市区的城墙，而是牢狱的围墙，静静

_____

① 里：日里，日本的长度单位，一日里约为 3.927 千米。

地向前延伸，其对面只有一座灰色的高塔兀自耸立着。塔的形状清晰地映衬在如水般澄澈的黄昏的空中，天地一片死寂，越看越觉得眼前的风景像是一片幻影。

骑驴渡过吴门桥，穿过盘门，第一次来到了苏州城内。从夫子庙经过沧浪亭旁，沿护龙街一直前行，渡过饮马桥、乐桥，感受了观前大街的繁华，逛了陶器店和宝石店，去玄妙观祈了愿，再次回到护龙街，走过禅兴寺桥、装家桥、香花桥，参观了桥畔北寺塔，再从寺前向左折入桃花坞大街，越过草家桥，沿水渠来到四义桥畔，再沿城墙内侧向左拐，渡过水关桥，终于来到苏州城外阊门旁的吊桥。

吴门三百九十桥，这话确实不假，苏州市内运河纵横贯通，桥的数量非常之多。这些桥几乎均为石造，横着看呈拱形，比街上的房屋要高，像彩虹一样悬于河水之上。这里简直就是东方的威尼斯。

之后，我们又去了郊外的留园、西园，登上虎丘，从羊群熟睡的塔旁高台远望附近一带的平原，又骑驴去了著名的寒山寺。

德富苏峰 ① 等人的游记和文章中，数次提到寒山寺是个没意思的地方，而我并不这么认为。即便寒山寺本身有些无聊，但其附近的运河的景色——枫桥、铁岭关周围的风光，我至今难以忘怀。

或许是由于我比起山城更喜欢水乡，尤其钟爱市中流淌着的河水之景，经过这一天的游玩，我已经完全喜欢上了苏州。因为我实在是太喜欢河水的景色，第三天观赏完天平山的红叶之后，又雇了画舫再次沿运河泛舟。下面写的便是第三天的事。

要写完整的苏州纪行，应从第一天写起。可不巧去年年底我从中国回来不久，我的父亲就生病了，因要常去位于日本桥的嘈杂的老家照看父亲，终究是没能静下心来写稿。

没办法我只能趁在病房二楼躺下的间隙，以向记录者口述的方式写出了这些。我想今后有机会，我一定会将其前后补全。请读者朋友们先读一读这个片段吧。

---

① 德富苏峰（1863—1957）：评论家，德富芦花之兄。

苏州纪行

十月二十四日，早上八点半左右，我从床上起来，吃过早饭，下面上来一个女佣，说船已备好，请准备出发吧。船已停在旅馆门前的小河里。

女佣担心地对我们说，坐船不比骑驴，到天平山有一段距离，若不早点出发，回来的时候天就黑了。

不过说实话，我对天平山的红叶没什么兴趣。倒不如说看沿途运河的风景才是我此行的目的。尤其今天是周日，从上海来的日本人旅游团会来看红叶，要是跟他们撞在了一起，那感觉就像是去龙之川远足一般，趣味全无了。

因此，我想最好不去看红叶。总之，今天能成功雇到船真是不错。若是走陆路，不管你愿不愿意，总是会碰到那群去看红叶的人。再加上可能是昨天骑了一天驴，臀部擦破了皮，火辣辣地疼。今天我实在是没有力气再骑驴了。

走到船那儿一看，担任向导的旅馆老板娘已经在船上等我了。昨天为我们做向导的是旅馆的老板，今天老板要去带团体游客，于是就换成老板娘带我们。

老板娘是一个年近五十、瘦瘦小小、皮肤黝黑、不太殷勤的女人。比起那些故意谄媚着与人搭话的女人，这个老板娘不知道好了多少。

可是我此行是为了无所顾忌地独自欣赏河川的美景，因此觉得老板娘的存在也有点多余。其实，只要我会说一点中文，便可不需要向导。拜托向导带着游玩，往往会漏看名胜和美景。

昨天旅馆的老板带我参观西园的戒幢律寺，他过分恭敬地领着我在放着金光闪闪的恶俗的五百罗汉的堂宇里看了很长时间，而旁边纯中国式的林泉，却连一句讲解都没有，就从边上过去了。不仅如此，去虎丘时，他也完全没告诉我这里有著名的古真娘墓。

其墓小且简陋，立在路边，头一次去的人不太会注意到。

我不知道他是无知还是不热情，明信片上都会出现的名胜，他作为导游居然不知道，这实在是太不负责任了。

总之，我感到非常不愉快，决定以后不再信任导游了。导游顶多也就是让他做一下翻译，其实就是照着铁路局的旅游指南和地图随意带着我们走一走。

因今天是坐船，我本想不要导游的，可我想在回来的时候去阊门外的中国饭馆吃饭，最后还是找了一个导游。

我坐的船是所谓的画舫，本来，这上面应该有许多歌伎唱歌，在船上饮酒吃菜的同时，可体会到这水乡的情趣。可是，画舫生意兴隆的时候大概是春末至秋初，这个时节已经鲜有人乘画舫饮酒唱歌了。

另外，叫歌伎的话坐船一日游要五十大洋——换算成日元要上百了，也就只好作罢。

不久前在南京的秦淮河也曾坐过画舫，今日的船与那次相比装饰要更气派一些。

船中央有类似日本屋形船的屋顶，朝船头方向的入口左右各有一扇门，金底的门上雕刻着满满一面的牡丹。走进室内，正中间放着一张小型的四角餐桌，周围放了椅子，两侧是玻璃板窗。板窗上雕刻着金色的梅花图案。尽头处的左右两根柱子上，挂着一副对联，上面写着"一帘波影""四壁华香"。

我想看看外面的风景，便走到室外，在船头的椅子上坐下。今天照例是个好天气。虽说南方多雨，但一旦放晴，便不会再轻易下雨了。今天虽不如昨天暖和，但比起日本的十月，还是相差很大的。

我还穿着在南京时就穿的黑纱薄单衣，外面还套了一层外套，一点不觉得冷。四五天前，在南京时还能听见蝉鸣，可以想象这边有多么暖和了。

这一带春季很短，可秋季却很长，而且有时会像春天一样风和日丽。

出港之后，船离开日本租界的石崖，将船头掉转向西。一看手表，此时刚过九点十五。这边河的宽度比东京的外护城河还要宽得多，水自然也是满盈盈的。船的右舷方，前日傍晚如幻象般的城墙和高塔，今日清晰地映在万里无云的晴空中，蜿蜒相连。

今天城墙那边的天空，也是非常澄澈晴朗，让人无法相信，那下面居然藏着一个三十万人口的大都市。无论城墙的石坝有多么厚，墙里城内街区的喧闹总会透出来点吧，然而却一点嘈杂声都听不到。

我专心眺望着晴朗朝阳下寂静耸立的城墙，有一种连这石坝都是戏剧舞台上的布景的感觉。

"请看那边，那里有那种鸟在飞。"

坐在室内的老板娘，一边说着一边走到船头，指着城墙上的天空。果然，那里有五六只像白鸽似的鸟，聚成一团，横跨河面往郊外方向飞去。我问老板娘那是什么鸟，老板娘说不知道。

左舷方的岸上有一家叫苏纶纱厂的工厂，过了那家工厂左边的运河上可见甘棠桥。

不知不觉间，右手边城墙的外围也出现了五六户人家，白色的墙壁在太阳的照耀下熠熠生辉。水上来往的船渐渐多了起来。有像是从大运河上过来的帆船、舢板、小蒸汽船、发动机船等种类繁多的船，从前方或是后方驶过来。其中还有用草席做帘子的乞丐船。

"乞丐住在那个船上，一家子大概五六个人挤在里面。"老板娘向我解释道。

不一会儿，我们的船来到苏纶纱厂的砖墙旁。不过，石拱形的吴门桥已展现在我眼前，迎接着我的到来。昨天在桥上走时，因石阶太陡，我不得不从驴背上下来行走，可见这桥的拱度极高。

从船上看，可见石拱下桥那边的房屋连甍接栋，远处的天空隐约可见虎丘塔和灵岩山塔。船从石拱下经过时，清晰可见拱形两边的柱子上刻着"同治十一年壬申夏四月""苏州水利工程总局重建"的字样。

过了桥，护城河开始向右流去。不过我的船不久就与护城河分别，从水门塘处进入了左边的运河。

那一带比日本租界附近热闹，两岸的人家鳞次栉比。左侧是水仙庙，现在已经成了警察的分驻所，庙前的石坝旁，站着两三个巡察，好奇地注视着我的船。

右侧是如不整齐的牙齿般排列着的低矮的简陋小商店。河道上比之前还要混乱，让人想起深川的小名木川[1]。像之前一样，河上有乞丐船、泥船、捕虾船、运肥船，不时有鹅嘎嘎啼叫，穿梭其间，在水上热热闹闹地游泳。

一个像是街边商铺女主人模样的女人，蹲在岸边的石阶上用竹刷子洗着碗和菜。

我看着这样的风景，船又向前弯弯曲曲地走了一段，右边的街区中又出现一条窄窄的运河，上面悬着一座拱桥。

我们的船向运河方向驶去。

天空中照旧能看到白色的小鸟、喜鹊和乌鸦飞舞。我们船的船夫一边悠然地用长烟管抽着烟，一边不紧不慢地划着桨。眼看着两侧的人家越来越少，河

---

[1] 小名木川：东西横穿东京都江东区北部，沟通隅田川和旧中川的运河，建于江户时代初期，全长约5千米。

岸也由石坝变成了杂草丛生的土堤。

我不时站上船头眺望一下土堤那头田野的景色。土堤比想象的要高，无法看清，不过那一带像是田圃。

不时可见一些墓地，只能从土堤的背面看到土馒头和墓碑的顶部。可能由于这一带颇为富庶，当地居民的墓也修得很气派。

中国的满洲荒原地带的墓，只是简单地将土堆起来，几乎没有立墓碑的，而这一带即便是很简陋的墓，也一定立有墓碑。其中还有的用水泥将土馒头固定，修建气派的影壁将土馒头围住，或是在其周围种上茂密的竹丛。

在墓的外面，不时会有羊群从土堤背面走过。其实也只能看到羊群的背部，但那如棉花般雪白的羊毛，让人感觉像是从后面的天空中落下的一朵云。一只老鹰在蓝天中静静地盘旋。往来的船只渐渐稀少，偶尔能看到一艘疏浚船从河底挖出淤泥。

前方又出现了一座新的拱桥。仔细一看，拱桥的那边还有一座拱桥，前方还有一座。三座拱桥之间都相隔一千多米，弧度也都相同，三座桥拱相互重叠。运河的水穿过三座拱桥，水道渐渐变得狭窄，远远地消失在原野尽头。

河的上游方向，两岸有一片灌木林，河水似乎隐藏在灌木的枝叶下方。从这里眺望，那片林子周围仿佛是清澈美丽的仙境。

童话故事里的老爷爷老奶奶住的村子，感觉就在这样的地方。诞生出桃太郎[①]的桃子所漂过的河，大概就是这样的河吧。尤其是林子后面耸立的山，使得河的上游看起来更像仙境。不，说它耸立似乎不太妥当。那座山看上去也就比山冈高一点儿……或许是因为它离我实在是太遥远，又或许是其整座山看起来呈平稳浑圆状的缘故，让人感觉这只是一片低矮的丘陵。

----

① 《桃太郎》是日本著名民间故事，讲述从桃子里诞生的桃太郎，用糯米团子收容了小白狗、小猴子和雉鸡后，一起前往鬼岛为民除害的故事。

同时，山的表面全部由像是被水洗过般光滑的石头组成，广阔无垠的原野上，仅此一座山，看起来像是盆景石一般。

这些山和林，在澄澈的秋日清晨的空气里朦胧的情趣，实在是美得无法形容。这时，从河流上游的仙境里，悠悠地划过来一艘船，就像桃子漂过来那般慢悠悠的，连划桨的声音都听不见。

船穿过第一座拱桥、第二座拱桥、第三座拱桥，渐渐地向我们靠近。

那是一艘与我们的船差不多大的画舫。虽看不见屋内坐着什么样的客人，但船头的门扉两侧，蹲着两个歌伎。右边是一个穿着浅黄色衣服、皮肤白皙的瘦脸女人；左边是一个穿着褐色衣服、皮肤黝黑的大眼睛女人。两个人都是单腿跪地，托着腮一动不动。

因为背景是远处那座像盆景石一般的山，所以这两个女人看上去就像盆景中的人偶。

她们的船从我们身边经过时，我偷偷瞥了一眼这两个女子的长相，都是宛如人偶一般的美人。肤色黝黑的那位，转动了她那美丽的眼眸朝我看了眼，她的身体依然一动不动，画舫便缓缓地从我旁边划过去了。

我们的船按顺序依次穿过三座拱桥。

第一座拱桥，与水面相接的石拱两侧的柱子上，刻着"两岸桑麻盈绿野""一溪烟雨带春山"。

第二座拱桥上刻着"两岸桃花迎晓日""一渠春水漾恩波"。

过了第二座拱桥，可以看到盆景似的那座山背面还有一座山。那座山上一面都是红叶，在阳光的照耀下熠熠生辉。

从靠近第三座拱桥开始，河流的景象大变，不再是运河的样子了。水上漂浮着无数的落叶、果实和浮草。土堤上有许多长出花穗的芒草，其间不时有菊花盛开。应该是来到了刚才看到的树林旁了吧。

不知从何时起，岸上的树木多了起来，杨柳、黄栌等巨大的树干、长长的树枝交互在一起，遮蔽了水面。水呈绿色，如寒水石一般停滞不动，树叶投下斑驳的影子，犹如散落的金色碎片般闪着亮光。

不久，右舷方树林最茂密处可见牛王庙的白墙。过了第三座拱桥不久，河流到了尽头。

我们的船刚一靠上右岸的码头，一直沿着河岸追着我们跑的村姑们便一拥而上。我本以为是要饭的，结果是来招揽坐轿子去天平山的顾客的。

老板娘不断地在跟她们讲价，最后讲到一台轿子五十钱，然后我们便坐上轿子上山。

虽说是轿子，但与日本的山轿完全不同。藤椅两侧装有两根长竿，两个女人一前一后抬着轿子。长竿有弹簧的作用，遇到坑洼不平的路，轿子也自然跟着上下摇晃。

前几天登庐山时，我已坐过这种轿子，不过那时候抬轿子的是四个体格强壮的男人，而今天抬轿的是两个柔弱的女子。

不过，庐山与天平山，无论是山的高度还是路的险度都不是一个水平，可能女子也能抬上去。

庐山的话，一不小心就会跌入千仞谷底，着实令人胆战心惊，而今天即便掉下去也无妨。并且，山就在眼前，顶多也就走个半里到一里地就到了。

穿行在田地、桑田、竹林、小河间的道路虽狭窄但平坦。

大概是上海来的日本人旅游团的一部分，几个看起来像是公司职员的年轻日本人穿着西装，骑驴扬鞭，朝老板娘点了点头，便从我们的轿子旁超了过去。

从竹林那边传来浑厚的铃铛声，一个中国人骑着系有银铃的白驴，已经要下山回去了。

为我抬轿子的两个妇女，前面的是五十多岁的老妇，后面的是十七八岁的小姑娘。

老妇将有花白的头发向后梳起，用黄铜簪子固定成一个发髻。身穿蓝底白色印花上衣，戴着不知是镀金还是黄铜的耳环。虽只是一个抬轿子的，却戴着如此奢华的耳环，可见在中国，即便是乞丐也戴着耳环和戒指，所以也没什么好大惊小怪的。

她的穿着打扮暂且不论，到了稍微有些陡的斜坡时，这老妇故意发出一种悲怆的叫声，大口喘着粗气。最后她放下轿子，让我自己走上坡去。

"这些人真是不讲理。她们想要小费所以才对你这么说的。"老板娘毫不客气地将抬轿人痛斥了一顿。被训斥完之后，她们只好一边发出痛苦的哀号声一边抬着轿子前行。

到达天平山脚下时，是下午一点左右。那里除了几匹驴和轿子之外，还有五六座纯中式的优雅的轿子在等着接客。

总体来看，苏州的轿子比北京和南京周边的要高雅漂亮得多。这与日本王朝时代的轿子很像，它静静地从面前走过时，让人不禁产生雅致的联想：里面坐的是何等佳人。不过，今日这轿子里坐的，恐怕是参加日本人旅游团的夫人和小姐吧。

无论如何，接下来要登山的话肯定是与这个团体一起。

我想红叶就粗略看一眼，我要尽量赶在日落之前再乘画舫去一次寒山寺那边。然后，再行船至《剪灯新话》的《联芳楼记》里兰英、蕙英那对美丽的姐妹住的阊门外的运河瞧瞧。我一边这么想着，一边下轿开始徒步登山。

天平山十分小巧可爱，与其说是山，倒不如说是山的模型更为合适。当然，也没有东京的爱宕山那么小，不过比武州的高尾山还是要低得多。从山脚向上看，只有一座山峰像竹笋般挺立。

竹笋表面，不时有一些奇岩怪石。形状虽带着仙骨，但整体看起来规模还是很小，像是玩具。与此山相对，还有一座同样秀丽精巧的山。形状一突兀，一浑圆，各有其趣，但从小巧精致这一点上看，与奈良的若草山颇为相似。

我所伫立的山麓，正是这两座山之间的山谷的一个幽静闲雅的地方。

比起山上，山谷间的红叶更多。其树枝伸展的姿态与日本的枫树大有不同。又粗又黑的豪壮的大树如被大火烧过的柱子般零星散落在各处。在其枝干的边缘，红叶如纸般纷纷扬扬地生长着，看起来快要飘落了。

因此，周围并未呈现出一种明亮的红色景象。而是给人一种沉着、寂寥之感。因时候尚暖，树叶还未红透，带着茶褐色的清澄的树叶的颜色，与如铁般黑的树干的颜色形成对比，颇具美感。

那细小闪烁的树叶，仿佛片片可数般鲜明，在微风的吹拂下神经质般地颤动着。从树干上落下，在空中轻快地旋转，如落灰般悄无声息地坠下。

为纪念宋代范仲淹而建的天平山白云寺的白墙，在枫树间若隐若现，将山麓围住。可是，作为向导的老板娘，照例没有看这寺庙一眼，仿佛她的工作除了走路没有别的，目不斜视地只顾往山上爬。

"那里有座寺庙，那是什么寺呀？"我佯装不知地问她。

"是啊，那座寺庙叫什么来着？大家都管这儿叫天平山……"

果然，这个向导连这寺庙的名字都不知道。

"登上山顶之后应该有很好看的东西吧？"

"有是有的，也就是从山上往下眺望，景色比较好。"

老板娘冷淡地说着这些，不顾一切地往上爬。我故意慢慢地走，在坡道途中不时望望四周的风景。不知不觉间，已经看不见老板娘的踪影。

从山腰处往靠近山顶方向走，有一座白云亭。进门之后有几曲回廊。回廊的左边堆着些许山石，围成一个小庭院。

岩石中间有一汪名为"吴中第一水"的泉水，石头表面刻着"云冷泉清"等赞美泉水清澈的词句，不过，实际上这水一点也不清澈。多少带着点绿色，如带着污垢的洗澡水一般浑浊。

来到回廊尽头的客厅入口，终于听到了熙熙攘攘的人声。原来是之前提到过的旅游团在里面吃午饭。

客厅里面被隔成两间，从窗外可见遥远的灵岩山塔。穿着西装的年轻人们杂乱地或坐或站地围在桌旁，可见里屋有两三个夫人小姐仪态极好地正襟危坐。

来中国之后，这是我第一次见着盛装的日本妇人，受好奇心的驱使，我竟大胆地加入这个团体。夫人一行看上去心情极佳，都长着一副趣味高雅的脸。我在南京已经见识过中国的美人。——与这类女人相比或许有些失敬。——这样看起来，好像日本的妇人也不差。

比我先一步到达的老板娘，又是倒茶又是分饭，已经为我忙开了。寺庙的和尚提着一大壶开水走过来，为我们每个人的杯子里倒满。昨天为我做向导的老板也在。

此外，还有一个穿着藏青色西装、头戴鸭舌帽、中文十分流利的十七八岁的少年。对涌过来讨剩饭的抬轿人和苦力，他理都不理。这个少年频频耸肩，摆起架子来。

"这是犬子。虽然只有十七岁，已经长得这样高大结实，跟中国人吵架也一次都没有输过。五六个强壮的苦力，也敌不过这个小子。而且，他中文很好，听起来跟中国人没有区别，英语也能说一些，因此很受客人们喜欢。客人们都说，只要带着他一人比带多少个导游都让人放心，到哪儿都是抢手货。"

一向态度冷淡的老板娘，只在这时跟我详细地说了这么多。

"Have you cigarette？"

那少年立即用英语对老板说。

"Please give me one."

说着，少年从老板那儿接过一根三炮台香烟吧嗒吧嗒地抽起来。就算老板娘的话有一半夸张的成分，这也确实是个血气方刚、活泼机灵的少年。

可是，如果来中国的日本人都是像他这样，从十七八岁时就学会视中国人为猫狗，想着今后长大了成为一方豪杰，那中国也会很受困扰吧。毫无疑问，这少年如此飞扬跋扈，完全是受了其父母的坏影响。

"让日本人赚钱尚可，而给中国人的钱，能不给就不给。"这是刚才老板娘在跟抬轿人讲价时说的话。我对这句话感到十分恼火。

若真为日本同胞着想的话，就应将旅馆的设施好好修整修整，至少要让其比中国的旅馆住起来舒服。可是，据我自己的经验来看，除去语言不通的因素，中国人开的旅馆远要经济实惠得多，且他们的服务更加周到，房间也更加干净整洁。（这是仅就南方而言。我后来发现，在南方的中国人旅馆里，一般都有一两个懂英语的男人。哪怕只是只言片语，只要懂英语，住中国人开的旅馆要方便得多。住宿费也不到日本人旅馆的一半。关于日本人旅馆的不便之处我之后要另写一篇文章详谈，这里先发泄一下余愤。）

当然，并不是在中国的所有日本人都是"给中国人的钱，能不给就不给"的浅薄之辈，不过即便是来旅游的我，遇见这样粗鄙的同胞，心里也是不痛快的。这位老板娘是女流之辈我也就不说什么了，我还是希望日本的男子对中国人的态度要更加尊重些。

团体客人走了之后，我一个人悠闲地打开了便当盒。窗外依稀可见灵岩山模糊的身影。传说山上有一座名曰馆娃宫的宫殿，曾是西施的住处。那里还有她在花前月下弹琴的琴台遗迹。

我不禁想起了《联芳楼记》中苏台竹枝曲中的诗句"馆娃宫中麋鹿游，西施去泛五湖舟"。五湖指太湖，登上灵岩山的山顶，可眺望此湖的景色，犹如从比睿山上眺望琵琶湖的景色一般。

说起西施，与其说是历史上的人物，于我而言，倒更像是一个出现在童话故事中的小姐的名字。除了童话故事中的小姐形象之外，我对西施的事迹一概不知。

与探访日本历史的古迹不同，一想到这位小姐的故乡就在眼前，有一种遥远的梦境中的场景突然出现在眼前的不真实的感觉。据说这里距灵岩山仅一里半的路程了。我虽很想去看看，但归途中的运河的景色更加吸引我，我决定还是下次再来看。

"那么，我们就出发吧。"

老板娘催促着我出了白云亭，像之前一样匆匆忙忙地下山。之前我只顾欣赏山上的风光，现在我又再次独自一人，在途中进到白云寺一看。我仔细地欣赏了在上山路上未能进来一看的寺庙内部。虽说这并不是什么非常值得一看的建筑，但让那不负责任的导游等上一阵子，我感到十分痛快。

三十多分钟以后，我从山麓的正门悠闲地出来，看到老板娘茫然地站在远处的轿子前。这时，我感到心中的不满得到了宣泄。到了中国，如此随心所欲固然不好，但是我的秉性使然，实在没办法。

不过我太过扬扬自得，也遭遇了失败。从之前开始，一个三十五六岁的瘦高个男乞丐一边发出哀号，一边朝着我走过来。

突然，他绕到我跟前，"砰"的一声跪下了，发出更加悲伤的哀号，朝着我伸出双手。这哀号的调子，与那抬轿子的老妇人上山时发出的声音如出一辙。

我想对老板娘"给中国人的钱，能不给就不给"的主张提出反对，便给了这乞丐两文钱。我以为他会高兴地走开，不料他似有不满地盯着这两文钱，更加频繁地对我哀号着。这哀号声与歌声一般有抑扬顿挫，他比之前更猛烈地追着我过来。

最后，他那脏兮兮的手抓住了我外套的下摆。这实在是令我大伤脑筋，不禁愤怒地大喊了一声：

"浑蛋！"

"我给了他两文钱已经不少了吧，他到底在不停地说些什么？"老板娘听到我的叫声便跑了过来，于是我问她。

"他不是嫌两文钱少。这两文钱不好花出去，他想换成两个一文钱的。这样的叫花子你给了他一次钱，之后会不断有别的叫花子拥上来找你要钱的。所以最好一开始就不要给他们钱。"

老板娘又开始鼓吹自己的主张，不过她还是从自己口袋里掏出钱来给他换了。可是，不愧是爱财如命的老板娘，她还是要奉行自己的钱不白给的主张，让那乞丐去高处为她摘了两枝红叶过来。她看起来总算消了气。

回去的路上，前面换成小姑娘抬，老妇人在后面。两人吃力地抬着轿子，缓慢地往前走，走到路窄处，从后面来的骑着驴的人便不耐烦地催促着我们快走。

我们到达画舫等待的码头时，已是下午三点。五六个小孩聚集在船旁，跟船老大夫妇说着些什么。我以为这些是村里的孩子，结果里面有三个看着像是要跟我们一起坐船。他们是船老大夫妇的孩子。

我之前一点都没注意到这几个孩子是跟我们一起坐船来的，他们是藏在哪里了呢？老板娘拿出从旅馆带过来的日式点心，分给几个孩子。

大概是因为船已在岸边停泊了一会儿，船上聚集了大量的苍蝇。船载着这些苍蝇，拨开沟槽里沉睡的水，出发了。

船沿着来时的路往回划了两三百米，穿过茂密树林的树荫，往左边的运河拐去。两岸是杂草丛生的平地。来的路上，如盆景一般的群山，从此处远眺，如一只背向我们的狮子蹲坐在那里。

木匠们正在开垦右侧陆地上的草地，不知是要造气派的别墅还是墓地，他们正在热火朝天地修建着。

山的边缘，有的地方在建造码头，有的地方在修建漂亮的牌楼。前方不远处，可见一墙壁黑得发亮的人家。运河从这里开始向右折去。

一折向右边，便可见左方遥远处有虎丘塔。今天早上过吴门桥时，从桥下远远地看到过此塔，这是第二次看到它。塔在那儿的话，可大致推算出我现在所处的运河的位置。

我们的船应该不久后就可抵达枫桥了。正如清水寺之塔是京都的路标一般，虎丘塔也是苏州城的路标。自前天我从火车的窗户里看到了这座塔之后，昨天和今天的行程都始终离不开这塔。

只要去了苏州的西北郊外，几乎没有看不到这塔的地方。在这里我想起的，是经常被引用的苏台竹枝曲的一节：

虎丘山上塔层层，静夜分明见佛灯。
约伴烧香寺中去，自将钗钏施山僧。

吟咏此诗的兰英、蕙英姐妹的家就位于此运河尽头处的城外西廓门处，这"虎丘山上塔层层""静夜分明见佛灯"，应该都是写实的描写。姐妹俩居住在此时，塔上夜夜点着明灯，她们从远处看到了这忽闪忽闪的灯火。又或许，她们也看到过塔旁灵岩寺的灯火。

在苏州，除了此塔之外，还有灵岩寺的塔、报恩寺的塔，还有两三座无名之塔，不仅仅是在苏州，中国的塔非常之多。

不同于日本，都是高低相近的房屋成片连接，中国因为有塔，便为周围的景色增添了几抹趣味，赋予了某种变化。

傍晚时分，当你走在乡间小路上，正要前往某个城镇，或是坐在火车的窗边，眺望着逐渐靠近的目的地时，在遥远的平原上，首先映入你眼帘的就是塔。你会想着："啊，那里有座塔，那里应该就是城镇了吧。"在这种情况下，塔在不知不觉间给了在外的游子一丝亲切。

岸上，零星分布的房子渐渐多了起来。不知从何处传来家鸭慵懒的叫声。我的面前又出现了一两座线条奇异的石造拱桥。

　　第一座拱桥的前方，有一两艘船沐浴着午后和煦的阳光，像是睡着了般浮在水面上。一艘船上晾着洗过的衣服；另一艘船上挂着草席，上面铺满了白菜。穿过这座桥，再向前走七八百米，在湛蓝的天空下，第二座桥如彩虹般横跨在水面上。

　　在桥的中央，与弓形呈相反弧度的顶边，一个人影如塔般伫立在那里，像是在晒太阳一般，一动不动。那是一个穿黑缎衣服的男人，靠在栏杆上向下俯瞰河面，在等待我们的船靠近。

　　右岸边上堆着一堆瓦片，一个女人蹲在旁边编竹笼。左岸有一间露天店铺，我正想着这是卖什么的，等船走近了一看，上面摆着些毛巾、刷帚、刷子什么的。我想，这一带应该是个小村庄吧。

　　两岸密密麻麻地排列着茶馆、肉铺、铁匠铺等。这些人家无一例外都背对着河流而建，还有的阳台延伸到运河上，水与房屋的关系相亲相近。水浸润着房子，房子与水嬉戏，这板壁造的房子仿佛漂在水面上似的。

虽然是白天，但在茶馆和肉铺里有五六个男人。铁匠铺里传来咔嚓、咔嚓的敲击声，悠远绵长。

村头右角有一家竹子店，店门口系着几艘竹筏。我们的船快到这里时，一个男人急忙从店里跑出来，用力将堵住河道的竹筏拖向岸边。

画舫从竹子店的拐角转入了右边的运河。

"马上就到寒山寺了。"

一直闲得无聊呆坐在那里的老板娘，仿佛突然想起自己还有导游这一职责似的，呆呆地说了一句。

"啊。"

我只回答了一个字，便接着专心欣赏河川的景色了。老板娘看起来是因无聊想找点话说。

"您要是到了上海，一定要去我们总店看看。那里既有上好的料理，还有艺伎表演，都是正宗的日本味道。"

我心里想着"真是扯淡"，依旧冷淡地答道：

"啊。"

老板娘一副扫兴的样子，拢了拢外套的衣袖，将哈欠强忍了回去。再一看，两个七八岁的小女孩，正站在右舷边的石崖上，将青花瓷的瓶子放在水面上，心无杂念地看着它们在水面上漂浮。

一艘船从对面慢悠悠地划过来。船上有黑色的东西在安静地移动，我正想那是什么，原来这是艘养鸬鹚的船。

两侧的舷上分别停着五六只鸬鹚，翅膀和脖子长长地向外伸出，悠然地与我们的画舫擦肩而过。左岸停着一艘侧面被涂成红色、头部画着白色的眼珠、整体呈鲷鱼形状的船。

河流正面，又有一座新的拱桥，以优美的姿态迎接我们的到来。桥的顶部，同样伫立着一个人影。这次的男子单手拿着鸟笼，带着一个穿红衣服的孩子。

穿过桥底，透过右侧繁茂的桑田，依稀可见寒山寺的瓦片闪烁其间。寺庙位于两座重叠的拱桥之间，前面的那座便是昨日见过的枫桥。将我们带到此处的河里的水，在枫桥的前方与呈"丁"字形交叉的运河的水交汇，流向阊门外的市区方向。

　　刚才一直沿着河岸拉着我们画舫的船老大，拽着船绳上了枫桥，迅速将绳子抛给了正好行至桥底的船上的妻子手中。

　　"山茹行""东万兴"

　　桥左边的人家，屋角吊着的四角提灯上，用朱色写着这几个大字。寒山寺的对岸，是在中国很罕见的小松林。回头朝船尾方向望去，夕阳已经落到灵岩山的塔下了。

　　姑苏台上月团团，姑苏台下水潺潺。
　　月落西边有时出，水流东去几时还。

　　门泊东吴万里船，乌啼月落水如烟。
　　寒山寺里钟声早，渔火江枫恼客眠。

洞庭馀柑三寸黄，笠泽银鱼一尺长。

东南佳味人知少，玉食无由进上方。

杨柳青青杨柳黄，青黄变色过年光。

妾似柳丝易憔悴，郎如柳絮太癫狂。

一绾凤髻绿如云，八字牙梳白似银。

斜倚朱门翘首立，往来多少断肠人。

（《联芳楼记》）

中国观剧记

泷田君曾拜托我就梅兰芳写点什么，可我去年只在中国待了两个月，既非中国通，对中国戏剧自然也并不了解。而且，本刊的上一期刊登了权威人士的有趣报道，现在像我这种门外汉在此卖弄一些一知半解的东西实在是有些冒昧。

　　因此，这篇文章仅以一个外行人的视角，不仅限于梅兰芳，而是就一般的中国戏剧，发表一些我个人的感想和见闻。

　　我一开始便希望去中国的时候能多去一些剧院。中国的戏剧、中国的演员——由刺激强烈的色彩和高昂的音乐组成的异国舞台的光景，在没看过之前我一直十分好奇，想象着若是能实地去看一看，那就可以直接接触到我平时向往的如梦般的美轮美奂与奇异的异国情调相交织的场景。

我也听说北京有一位名叫梅兰芳的名伶。因此，我从朝鲜一踏上中国的领土，刚到奉天①的木下杢太郎②氏家，便迫不及待地请他带我去看戏。

"奉天在中国属于偏僻地方，这儿的戏没什么好看的。要看戏的话得去北京看梅兰芳。不去那看就等于白看了。"

杢太郎氏说道，并没有理睬我的请求。不过，他还是带我去了平康里的一家名为"中华茶园"的戏院看戏。顺便提一下，在中国有很多叫"某某茶园"的小戏院。

说是茶园，很多人以为是喝茶的地方，其实大部分都是戏院。南方是什么样的情况我记不太清了，但

①　奉天：辽宁沈阳的旧称。
②　木下杢太郎（1885—1945），日本作家、诗人、医学家。本名太田正雄。毕业于东京帝国大学医学部，历任东北帝国大学、东京大学医学部教授及附属医院院长。1916年至1920年曾在奉天（沈阳）担任医学教授。

是奉天、天津、北京一带都是这样。

　　总之，我看的第一场戏就是在奉天。观众席与日本的简陋小电影院的样子相近，分为楼上和楼下两层。楼下就是直接在地上摆些长凳。我进去的时候，舞台上一个小巧的年轻女演员，头上戴着亮闪闪的有些花哨的银冠，鲜红的戏服上绣着大片金色刺绣，正发出像猫叫一样的声音说着台词。不知为何，感觉她像一只煮红了的虾。

　　这位女演员的形象倒不是那么令人讨厌，可是之后出场的演员，全都画着过于浓艳的脸谱，令人望而生畏，让人感觉如被噩梦魇住般不愉快。再加上一到武打场面音乐便异常嘈杂。类似铜锣的乐器不住地发出"当当"的声音，感觉耳朵都要被震聋了。

　　虽然要来了印好的戏单，可一个晚上要演好几出戏，现在演的是哪出，是哪个演员在演，我是完全看不出来。故事情节当然也是完全不懂。我之前抱有的美好幻想在这里被击得粉碎。

　　我想，到了北京就不会是这种情形了。我在天津时，所到之处，也一定会去小戏院看看。京津一带戏剧非常昌盛，就像是日本的浅草公园和道顿堀一带，如果在那一带行走的话，会有报童向你卖登着戏曲广告、剧评等消息的报纸（据说稍微大一点的城市，都会发行这类报纸）。

我买了一份报纸，照着广告栏上登出的戏院信息一个一个去看，可是没有一个能真正打动我的。首先，小戏院里不太干净，这让我实在不想进去。更有甚者，遇上武打场面，演员空翻时，舞台上便会突然扬起一片尘土，周围便弥漫得什么也看不清。

另外，无论是扮演美女还是美男子的演员，都会朝台上吐痰或是擤鼻涕（还有坐在观众席擤鼻涕的演员）。穿着绚丽的衣服却做出如此行为，实在令人不可思议。可是观众们对此却毫不在意，完全沉浸在音乐中，摇头晃脑的同时用手脚打着拍子，故事进入佳境时，还会发出狂热的叫喊，高声喝彩。我深切地感受到，中国人是非常热爱音乐的。

到达北京的第二天，我便去了琉璃街，那里如神田的小川町般，有许多书店，我将能找到的中国现代戏曲合集《戏考》全都买来了。另外，我还请以戏剧通出名的辻先生，以及毕业于同文书院的村田孜郎君和平田泰吉君为我讲解，并请他们带我去看戏。

渐渐地，我对中国戏剧有所了解了。我在北京待了十天左右，每天都会去一两个戏院看戏。

我从报纸的广告栏得知当日演出的戏名，然后再去翻《戏考》了解剧情，在这基础之上再请戏剧通为我作讲解，这样再去看戏。忽然我便茅塞顿开，能看得懂中国戏了。也有可能是我在奉天和天津看了许多粗糙的戏，不知不觉间耳朵已经习惯了这种高亢的音乐了。然后，我又提前了解了剧情，中国音乐的旋律与西方音乐不同，日本人能从中感受到相通的感情，于是我便能悲其所悲、佩其所勇。诸如《李陵碑》等戏曲中的悲壮意味，我已经能充分领会了。

据辻先生说，眼下梅兰芳已经不如两三年前那么红了。容貌也因面颊消瘦不如以前俊美，嗓子多少也不比从前了。与梅兰芳同样演旦角、比梅出道稍晚的尚小云前途无量，极有可能成为能与梅兰芳齐名的名伶。

我看过尚小云的《孝义节》，觉得他比不上梅兰芳。梅兰芳不仅嗓子好，表情、动作也都十分到位，因为，像我们这种外行也都能看得懂。从这个意义上看，与梅兰芳演夫妻的王凤卿，这次没来日本[①]，实在是有些遗憾。他颇有幸四郎[②]的韵味，他的表演严丝合缝，完全符合中国古代英雄的飒爽英姿，嗓音也与其气质相符。他如果来日本的话，可能比梅兰芳更受好评。

我在帝国剧场看了《御碑亭》，因为少了王凤卿，不如在北京广德楼看的那场好。另外，演柳生春的演员，也不如在北京时的那位表演得好。

王有道和柳生春在考官面前时的台词和抑扬语

---

① 1919 年 5 月 1 日起，梅兰芳率剧团应邀在东京帝国剧场公演，梅兰芳先后主演了《天女散花》《御碑亭》《黛玉葬花》《虹霓关》《贵妃醉酒》等。在东京演出的 15 场中有 12 场是京戏与日本的歌舞伎剧目前后交替的联合演出，日本帝国剧场著名歌舞伎演员松本幸四郎（七世）、守田勘弥（十三世）等演出了歌舞伎《本朝二十四孝》、现代剧《五月的早晨》、舞俑《娘狮子》等。
② 松本幸四郎，日本歌舞伎演员。

调，在这场戏里显得出奇的好，之前在北京那场，并没有这种感觉。在御碑亭躲雨的那场戏，梅兰芳的表现也是在北京的那场更好。

在广德楼的舞台，御碑亭旁放了一棵杨柳，这更增添了雨天的情景。不知为何，在帝国剧场的舞台上，并没有放柳树。孟月华蹲在御碑亭右手边的柱子旁，柳生春在左侧的柳树荫下落寞地徘徊，两人数着报更的钟声唱了起来。那棵柳树是绝对要有的。王有道休妻时的表情，王凤卿演的时候不那么张扬外露，更具男人的沉痛之情。

我到中国南方后，也看了苏州、杭州、上海一带流行的新剧，颇为新奇。有的剧演的是一些挖肠剥皮的残酷故事。

说起女演员，在杭州的西湖凤舞台看过的张文艳，其妖艳我至今难以忘怀。

另外，在上海大世界看过的木偶剧也非常美轮美奂。中国旧剧比起动作更重音乐，加上绚丽的着装，因此再适合木偶剧不过了。

西湖之月

那是某一年秋末，我作为东京某报社的特派员在北京逗留了颇长一段时间，因公务久违地奉命去上海出了一个多月的差。十一月，我不记得具体是哪一日了，因我到西湖的第二晚正好是美丽的月圆之夜，所以从上海出发的时候应该是旧历的十三日或十四日的下午。中途去杭州并不是因为有工作。

其实我上次来上海，苏州、扬州、南京附近一带都转了一遍，当时也计划一定要去杭州看看，可惜最终没能抽出时间，而错过了去杭州的机会，所以我想着趁这次出差一定要去杭州看看。

虽是秋末，中国南方并没有那么寒冷。说得过分一点，游览此地最好的时节莫过于春天，正如高青邱^①的诗所云：

> 渡水复渡水，看花还看花。
>
> 春风江上路，不觉到君家。

现在的时节虽无法领略到诗中所描述的南国特有的风景，但路旁柳叶依旧泛青，穿着冬服的话白天还会流汗，只是早晚的空气沁入体内有些凉，这反倒是让人舒适的体感。虽没有花，但现在正是看红叶的时节，每天都是晴空万里，若那天还能恰逢满月的话，西湖的美景便可完全抚慰一个游子的心灵了。

于是，下午两点半，我从上海北站坐上了去杭州的列车。

"我打算去杭州，那边哪家旅馆最好呢？当然，没有西洋人或是日本人开的旅馆吧？"

我用记得不太全的上海话问邻座的绅士。

---

① 高启（1336—1374），自号青邱子，元末明初著名诗人，文学家。

"是的。"

用象牙烟斗抽着西敏寺牌纸烟的男人，慵懒地睁开他肥大的脸上的一对肿泡眼，说道。

"西洋人开的旅馆没有，不过在中国人开的旅馆里，有很多干净整洁且装修精致的。装潢跟西洋的旅馆一样，很多从上海来的西洋人都住在那儿。

"最近在西湖湖畔新开业的新新旅馆，还有清泰旅馆，这两家是最好的。新新旅馆的房间很大，视野也好，可是离停车场很远，有点不方便。"

说完，用他那不太讨人喜欢的眼睛瞥了我一眼，又开始悠闲地抽烟了。好像与人说话让他受了很大的累似的。

"您去哪儿？"

我又不客气地问道。他再次往这边瞥了一眼，说道：

"嘉兴。"

说完，他便一直看向窗外了。

这个男人或许是嘉兴的商人。肥硕富态的身体上穿着亮闪闪的黑绸缎衣服，整个人气质有些傲慢，其嘴周生长的胡须和脸部的轮廓看起来与前任大总统黎元洪氏十分相似。

我的对面，是一位五十左右、气质很好的、瘦瘦的绅士，他正与坐在旁边的夫人一边喝茶一边频繁地谈论着什么。说话间夫人拿出黄铜烟管抽水烟，发出吧嗒、吧嗒的低沉的声音。

男人也一边喝茶一边抽烟，抽完烟发出"嘎"的一声，往地上吐了一口痰。然后又开始喋喋不休地说起话来。

夫人旁边，一位十八九岁的女孩和一位十五六岁的女孩相对而坐，看起来像是这对夫妇的女儿。十八九岁的那个女孩脸上像得了黄疸似的没什么血色，但是五官却如雕刻的一般端正立体。

她抱着一个四五岁的幼儿，那幼儿的衣服鲜艳得刺眼。

他穿着一件大红缎子上衣，上面用青色的线刺着龙还是麒麟的刺绣，下身穿着如蜥蜴般发亮的浓绿色裤子。

十五六岁的那个女孩手里拿着人造菊花，挥动着逗幼儿玩。她身穿鲜亮的紫色上衣，布料看起来像是绫缎，头戴同色的帽子，她的容貌与她姐姐相反，长着柔软而丰满的圆脸，透出如柿子般的色泽。其饱满的脸颊下方一直到长长的脖子周围，都被内里为雪白的羊毛的上衣包裹着，显得十分优雅。

我与以上六人围着一张桌子而坐（这里先解释一下，中国的火车上，座椅和座椅之间大多放着一张桌子）。

车厢里座椅挤得满满的，人连活动都很困难。当然，不仅是我们的座位，车里到处都坐满了。

如此拥挤的话，其实坐一等座是最好的，可是在二等座能观察到中国人的各种风俗，反倒更方便。

光看这车里乘客的样子就能知道，中国南方比北方富庶得多。

看惯了京奉线、京汉线的二等车厢，再看这里，座椅上的草席垫无一点污渍，无论是服务员的装束，还是桌布，每个细节都十分干净，车上的清扫也做得很到位。

今天虽是周六，但二等车厢挤得满满当当，也说明了这一带的中产阶级经济情况还不错。

首先，这车上的客人与北方的火车上的客人就有很大的差别。这里二等车厢的客人，穿着都十分体面，这在北方的一等车厢才能见到。不仅如此，女性乘客很多也是一个很明显的特点。

在北方，女人很少外出，而到了南方，歌伎自不必说，夫人、小姐都大方地与男子手牵着手外出游玩。应该是离上海这样的西化大都市近，受其影响的缘故吧。

我刚才踏入车厢的第一感觉也是，客人们的穿着色彩十分鲜艳。就像日本四月明媚的阳光，洒在窗外广袤无垠的江苏肥沃的土地上。其强烈的反射使得车内更加明亮起来。当然，占着车内一半以上座位的妇女和小孩们身上靓丽的衣裳，使得这里的空气更加绚丽，这也是不争的事实。

不用说，他们的服装比北方色彩更加浓烈，也更加绚丽。常听到像金鱼一样游动这样的形容，我想他们的服装就是金鱼。金鱼在水里游动，鱼鳞发射出耀眼的光。再加上中国人喜欢小个子的女人，妇女们都很娇小，用金鱼来形容就更合适了。

　　环顾整节车厢，里面不乏美女。自古以来江浙就盛产美人，虽然大多数女人长相还是一般，不过离我的座位隔着三排的椅子上，背对着我的一位大家闺秀模样的女子的侧脸，一看就是个美人。其个子比一般的女子稍高，对我来说，这样却更加苗条别致。

　　另外，她服装的品位也让人甚是惬意。在一众花哨浓艳的衣服中，唯有这女子潇洒地穿着浅青瓷色的上衣，白缎子鞋，如同金鱼中的一条变了色的绯鲤，给人一种清爽之感。

　　无论是手指还是脸颊，其皮肤如西洋纸一般光滑细腻，肤色是带着些蛋黄色的青白色。我感觉那是在混血儿身上常看到的肤色。

　　中国女子的手指本就比日本女子纤细，而这位女子的手指尤为纤细。不过其中指和无名指上戴的金戒指，让日本女子来评价的话或许有点太粗了。不仅是粗，戒指上还镶着五六个比豆粒还小的金铃铛，只要手指一动，便发出"叮当叮当"的声音，不住地晃动。

在这里我可能说得有点多了，日本女子对饰品的品位，多少有些岛国的小气。如此纤细的手指上，还是要佩戴这种光彩夺目的戒指更合适。

还有一位，与其相对而坐的肤色稍黑的圆脸女子。这位长得也相当标致，身材娇小，比之前那位小姐大两三岁，从她盘发的样式来看，应该是位富贵人家的太太。

她戴着一对金链子下垂着心形翡翠的耳环，穿着黑缎子衣裳，手肘靠着桌子织毛线。说是织，倒不如说是拿着两根亮闪闪的银针摆弄着手中的织物更加合适。她的眼睛和嘴角带着一种欲笑未笑的迷人的妩媚和魅力。

刚才的那位小姐，不时将手肘呈直角形靠在桌上，从上衣的下摆拉出一方紫色的手绢，一会儿将其放在鼻前，一会儿用两手将其放在脸前，像是将其当作玩具在把玩。又仿佛是在闻渗入手绢的香水味。

她那纤细的手掌像是跟紫色手绢比谁更轻薄一般柔软地转动着。

列车开到松江铁桥处，我探出头来向外望，江水如翡翠般碧绿澄澈。

到中国以来，这是我头一回见到如此清澈的河水。

浑浊的黄河自不待言，无论是白河还是长江，中国的河都如水沟一般脏。南方苏州的运河虽不那么脏，但跟这松江的水还是没法比。

之前火车经过朝鲜时，那一带的河水都十分清冽，这里的水与朝鲜的河水相比也毫不逊色。

总之，中国南方与北方的水就有如此大的区别。苏州的水比南京的水清澈，杭州的水比苏州的更清澈，越往南走，中国就越美。

现在窗外富饶的田园之景，就与直隶 ① 河南一带

---

① 直隶，现在的河北省。

萧瑟的原野之景有天壤之别。连绵不断的绿色的桑田、桃林、杨柳，还有点缀其间的水塘，水塘里有几十只鸭子在悠闲地戏水。

突然，眼前出现了一座丘陵，丘陵上长满了薄薄的花穗的芒草，在阳光下闪闪发亮。

丘陵的背面有一座高塔耸立，蜿蜒的城墙的砖瓦不时出现在眼前。眺望着这样的景色，每到一个车站，又能看到出入车站的美丽女子的风采，我的思绪仿佛跳入了杨铁崖、高青邱、王渔洋的诗中。

"哐当、哐当"，听到银币转动的声音，回头一看，原来是刚从松江站上车的四五个男子，刚刚围着一张桌子坐下，便拿出扑克开始赌钱了。

他们把比明治初年的一元银币稍大些的大洋在桌上拢成一团，好像忘了还在车上似的，一个个全神贯注地盯着手上的牌。坐在最中间的是个三十五六的男人，肤白，大嘴，戴着金边眼镜，长着一副圆圆的娃娃脸，眼神散漫，看起来像是坐庄的。

在车上公开赌钱似乎有些不太好，但没有一个人说。除了那个娃娃脸的男子以外，其余的男子大多是四十到五十岁，都长着世故的脸，穿戴讲究，在公共场合他们一点也不觉得不好意思，扯着嗓门大声吆喝着赌钱。不过这些正是中国颓废派的典型吧。

说到松江，我想起元末诗人杨铁崖曾到此地避乱。他带着草枝、柳枝、桃枝、杏花四名小妾，日夜在画舫里纵情玩乐，正是在我的火车现在经过的地方吧。

感受着此地的风光和习俗，也就不难理解，为何近代中国的诗人墨客多出自南方了。

据说戏曲家李笠翁也生在浙江，可以想象得到，那十种戏曲中的场景和人物，就出自窗外的山川、都市、街道，以及车里坐着的这些才子佳人里。其实，在这样美丽的国土和居民间，诞生出如笠翁戏剧里那缥缈的空想也并非毫无道理。

十种曲中的《蜃中楼》传奇，讲的是到东海海滨游玩的青年柳士肩①，来到海上的蜃楼中与青龙王之

——————————

① 柳士肩：即柳毅。

女舜华结婚的志怪故事。那浪漫的舞台——东海，恐怕就在这附近，即江浙一带的海岸吧。

另外，讲女演员刘貌姑与谭楚玉相拥投河，化作两条可爱的比目鱼，流向严陵一带的《比目鱼》传奇，也是因为平时就生活在如童话般的山水楼阁和人物之中，耳濡目染，笠翁的脑海中自然便酝酿出这样的故事吧。——这样一想，生在如此南国的人们，谁都可以成为诗人吧。我想让那些自诩日本是东方诗国的人们，来这附近看看这里的风土人情。

火车驶过嘉兴，大概是下午五点左右。在餐车吃了难吃的西餐充饥，无所事事地翻看着带过来的石版印刷的《西湖佳话》，不知不觉间，窗外已经一片漆黑了。

黑色的窗玻璃上映出我模糊的脸，还有对面妇人们红色、蓝色或是深黄色的艳丽衣裳。

我无意地看着窗户上映出来的模糊的轮廓，感觉我正处在很早以前做过的梦境中。

突然，我想起从前年夏天起就未曾回去过的故国，东京的小石川的老家。独自一人来到这异国的土地，深夜坐在这摇晃的列车上，我头一次感受到了一种惆怅、寂寞的心情……

昨夜很晚才来到西湖湖畔亭子湾内的旅馆。

火车到达杭州时已是七点多，住在车站前的旅馆也并非不可，但我实在是想去西湖湖畔看看，便在陌生的土地坐上黄包车，前往涌金门外的清泰第二旅馆。

上车时说好的到旅馆二十文钱，可车夫看起来品质不好，把我带到城内冷清的小巷，在那里突然停下来，说："要是不再加十文钱的话，那就对不起了。"要是再磨磨蹭蹭的话，他恐怕会做出胁迫的事。我与他辩解了几句，可我还有行李，路也不认识，如果被他扔在这儿的话那就完蛋了，便答应了。这次他又说："先付钱。"

虽觉得他可恶，可是上海的车夫况且还会拦路抢劫，要是把他惹怒了，还不知道他会做出什么样的事，于是我便把钱给他了。

还好今晚是月明之夜，如果是连月亮都没有的黑夜的话，这点钱恐怕就对付不过去了。因这事浪费了一点时间，到达旅馆门前已是晚上九点半了。

虽说我是第一次看到西湖，可关于湖畔的地理，之前在诗和小说中已读过多次，大致我还是知道的。旅馆位于涌金路的左侧，正门正对着名为西湖凤舞台的剧院。后面便对着月下渺茫的湖水。站在阳台上远眺，遥远的湖的那边，吴山的山影，比天空的颜色更深，隐约如雾霭般缭绕。

著名的雷峰塔应该就在其右方，可月色再皎洁，它毕竟被夜雾笼罩，遗憾未能得见。但是，在遥远的湖的那边，比对岸淡淡相连的群山稍微清晰一点的，是在水面上呈现黑色轮廓的树林，那便是我向往已久的三潭印月或是湖心亭的岛影。

此时，我感受到了一种见到恋人般的欣喜。传说是白乐天修建的白公堤，位于孤山山麓的林和靖的放鹤亭，因文世高与秀英小姐的爱情故事而出名的断桥的遗迹，宝石山的保俶塔，等等，应该就在这旅馆的后面，可从阳台上一点儿都看不见。

我本想今晚乘船去苏堤的六桥附近看看，可时间已晚，便决定明晚一边赏月一边乘画舫泛舟游玩。

正如火车上的商人告诉我的那样，中国人开的旅馆非常干净整洁，让人舒适。建筑物全都是西式的，阳台一侧的十几间客房门口，都放着菊花盆栽，房间内的东西也都准备得很齐全，床也很舒服。

服务员也与之前的车夫相反，是个很好的人，还会说几句英语。唯有一件事不好，就是没有浴室。没办法我只好走到外面，到迎紫路一角的澡堂洗了个澡，再顺路在附近的饭馆吃了晚饭。菜里有东坡肉。据说喜爱西湖山水的苏东坡在杭州长居，因喜爱此味而发明了这道菜，因此叫东坡肉。这与西餐中的夏多布里昂牛排①恰好是一对。用浓稠的深褐色的汤，将

———————

① 夏多布里昂牛排：夏氏牛排。最高级的煎牛排，由里脊肉的最佳部位煎制而成，据说是由作家夏多布里昂的厨师创制。

猪肉煮成如豆腐般软烂入味。说起苏东坡，感觉是一位超凡脱俗的诗人，可其实却是吃着如此味浓的肉肴配酒，与他喜欢的爱妾朝云朝夕相伴，乘船游玩。想到这里，对于中国人的兴趣爱好也就大致了解了。

吃过晚饭，回到旅馆，已是夜里十点半了。因月色太美，我便在阳台的藤椅上坐着欣赏湖面的景色，这时我发现隔壁房间的门前，两位女子正围着一张桌子相对而坐。栏杆的影子鲜明地落在走廊的地板上，青白色的月光如霜般皎洁，两人的服装和脸虽有些模糊，但还是可以辨明。

这两人无疑就是刚才在车上见过的那位美人和看起来像是她姐姐的妇人。她们应该和我一样，是从上海来游西湖的吧。可是就两个女人出门确实有点奇怪，可能房间里有同行的男子吧。我正想着，两人或许是注意到了我，悄悄地进房间了。

今天早晨八点起床，早餐吃的是炒饼配杭州名产火腿。吃过早饭，我在阳台上踱步，发现隔壁房间的门是敞开的。我悄悄地走过其门前，窥视房间内部的样子。

　　果然，和她们同行的还有一位男子。看样子是姐姐的丈夫，三十岁左右，是个瘦瘦高高的长脸男子。两位女子应该是刚起床洗漱完，妹妹坐在梳妆台前，姐姐站在其身后，为其梳头。

　　不久，三人来到阳台，围坐在昨晚的桌子旁，开始聊天。年长的妇人照例织着之前的编织物。这时，我发现男子的容貌与小姐非常相似，我想她应该是男子的妹妹，而那位年长的妇人应该是她的嫂子。小姐的脸比昨天在车上见到时还要美。这大概是因为栏杆外如丝绸般柔软、荡漾着微波的浅黄色西湖水，清爽的秋季早晨的空气给其容貌带来了影响吧。

　　她身上的青瓷色上衣和裤子，与此情此景实在是太相配了，我怀疑她是为了让自己的身姿融入到这如画般的湖光山色中，才从她众多衣裳中特地选中了这一套。衣服的布料是一种带着底光、像银柳般发出光泽的缎子，昨天我没有注意到，原来青瓷面料上还零星地绣着同色的如孔雀尾巴斑纹的图案。上衣和裤子的边缘，用淡红色的丝镶了边。

中国女人的小腿和脚十分清秀，比西洋女人毫不逊色。

坐在椅子上，将双腿搭在桌子横木上的她那两脚的线条，从裤腿边到米色的袜子处，逐次变细，到脚踝处几乎细得只剩骨头，然后又逐渐开始有了肉，一直到脚尖处，穿着一双刚刚能把脚趾遮住的浅白色缎子鞋。那双脚如鹿脚一般轻盈，给人一种楚楚动人的优雅之感。

当然不只是脚，她那戴着金手表的手腕也十分纤细。她那瘦长的、希腊风的秀丽的鼻子和小巧饱满的嘴唇，以及带着点孩子气的愣劲儿的脸上，透露出一股出身高贵的气质，可是，她的表情里带着病恹恹的、无精打采的疲惫。黑色的大眼睛没有灵动感，本应红润的双唇也带着点发暗的茶褐色。皮肤说是青白色，但由于青色过于浓厚，看着有些发暗。细腻的皮肤如玉般冰冷紧致，乍一看晶莹澄澈，可往底部搅动一下的话，就如古老的池塘般，有浑浊的水"噗噗"

地涌上来。

尽管如此，这位小姐比昨日更拨动我的心弦，或许就是因为其浑身散发出的一种病态美。

不过，说起女子，中国人推崇的本就是神韵缥缈，能被风吹倒的柳腰花颜的姿态。或许这就是真正的东方的——中国式美人。

前面我也提到过，中国的妇女大多体型娇小，且长着一副童颜，无论是否嫁人，都看不出年龄，就如这位小姐，如果不是她梳着姑娘风的发型，还有她五官里透出的一股孩子般的天真无邪，就从她那如雕刻般的端正长相来看，比实际年龄看起来更加成熟。我猜她应该是十六七岁，就算按虚岁算也超不过十九岁。

因为打算在这里游玩一周，所以想仔细地看各处的名胜古迹，今天就先大体了解一下地形，于是雇了轿子绕着湖畔走了一圈，傍晚四点，我筋疲力尽地回到旅馆。

我原本想着今晚泛舟湖上，尽情地欣赏月夜的景色，昨晚便订好了画舫，可是今天实在是太累了，一点儿都不想动。于是我又靠在阳台的藤椅上，茫然地看着黄昏的湖山景色。昨晚没太看清，阳台的下方是一个庭院，莲花池的周围种满了柳树、山茶树、枫树。

池畔有一座简陋的六角亭。从亭子的台阶到亭内的石板地面上，摆放着许多盆菊花。包围着庭院的白色围墙上爬满了爬山虎。围墙外的大路上围满了一群人，过去一看，好像是一个卖艺人在表演舞剑。

《水浒传》中也描写了英雄豪杰在道路中央舞枪弄棒的场景，大概就是以这样的人为原型吧。那儿正是延龄路的一个大十字路口，来往的人很多，好不热闹。里头还有挑着甘蔗沿路叫卖的商贩。

在这一带，甘蔗就是一种点心，大人小孩都买来"咯吱咯吱"地嚼着吃。十字路口右边是面向湖水的石垣，岸边的码头系着几艘画舫，五六台银铃上垂着红色流苏的轿子停在旁边休息。

目光转向街道对面的湖，在吴山后面逶迤相连的慧日峰与秦望山之间，夕阳如闭上了惺忪的睡眼般静静地下沉。昨天没能看到的雷峰塔，也在距吴山咫尺之遥处，透过茂密的南屏山的翠岚耸立着。

这座建于许久以前的塔，其几何学的直线已被破坏殆尽，现在像个玉蜀黍的头似的，可是其砖的颜色还未完全褪去，在斜阳的映照下反射出红色的光。没想到我不经意间在此欣赏到了西湖十景之一的"雷峰夕照"。

塔的右边遥远湖上的岛影，正如昨夜所推测的，正是三潭印月。岛的东侧绿树间闪烁可见的白色物体，应该就是退省庵的墙壁了。湖心亭所在小岛在更右边，在我目之所及的宽广的湖中央，像是被浩瀚的波涛包裹着被丢弃一般置于一旁。不经意间，一叶扁舟正从杭州城的清波门畔的杨柳影下，呈直线划向雷峰塔。因水面太过平静，船又太小，那景象就像是一只蚂蚁在榻榻米上爬行。

又有一叶扁舟从眼前的亭子湾往仙乐园岬角划去。那艘船上只有一个船夫，坐在船中央，手脚并用，划着两支桨。不知不觉间，太阳已经完全落山了。西侧山后的天空，不仅没有变暗，反而更加明亮起来，渐渐地被燃起鲜红色，半边湖面也像是被染上了红墨水般流淌着。

那对漂亮的姐妹应该是出去游玩了，至今还没有回来。今天早上她们坐过的阳台的桌子边，现在坐着一个身穿粗格子条纹呢绒上衣的胖胖的西洋女人，那衣服过于肥大，看上去就像是穿了一条睡裙，她独自一人托着腮坐在那里。我漫无目的地从她面前走过。

"你是从东京来的吗？"

她突然用日语问我。

"不，我不是从东京来的，我从北京来。你在东京待过吗？"

"嗯，我在东京、大阪、神户都待过。学过一点日语。"

我想她肯定是从上海过来卖春的，便邀请她：

"怎么样，你是一个人来的吗？跟我一起去散散步吧。"

"不不，我不是一个人来的。我丈夫和我一起来的。"

和丈夫一起来的话那就没办法了。今晚我也还是一个人去迎紫路的澡堂吧。

吃过晚饭，从旅馆后面的码头坐上画舫，已是那天晚上的九点了。船沿着东岸，从涌金门往柳浪闻莺的方向划去，今晚的天空万里无云，我坐在船头，全身都沐浴在月光下。

西湖四周的山，湖畔如女子洗发般低垂着的杨柳，连岸边的楼阁，都清晰地倒映在湖面上，这是怎样一个天朗气清的夜晚，大体也可以想象得到吧。我曾在浔阳江边的甘棠湖赏月，我记得雄伟庐山的英姿清晰地倒映在水面，今夜的月亮比那时的还要明亮，湖也比甘棠湖宽广得多。水面即便原本不是那么开阔，在这样的夜晚，也会显得宽广得多，随着船离陆地越来越远，我眼前的湖水仿佛人鼓起的腹部一般，水不断地从底部涌上来，将湖岸推向远方。

这里我想先说明一下，西湖的风景之所以美，是因为其湖水的面积不像洞庭湖和鄱阳湖那样过于大，而是在放眼望去的范围内，给人一种苍茫开阔之感，且与其周围秀美的山峦和丘陵相得益彰，有一种协调之美。它既有雄伟壮阔之处，又有如盆景般小巧纤细之处，那里有河口湾，有长堤，有岛屿，有拱桥，如一幅极富变化的画卷，所有景象尽收眼底，这便是西湖的特色。

今晚也是如此，随着船的前进，湖面无限地扩展开来，但是陆地绝不会在地平线的那一头消失。不过，岸边的山峦和森林，让人感觉确实在遥远的地平线的那头。抬起头环顾四周的陆地，再低头看了看下方，进入我视野的是一大片的波浪，让我感觉船不是在水面上行走，而是沉入了水底。此湖之水如深山中的灵泉般透明澄澈，清晰见底，若不是船倒映在如镜子般的水面上，恐怕难以分清哪里是空气、哪里是水吧。

我躺在吃水浅，如草鞋般轻盈的船上，身体在水与空气相交的平面上滑行，有时我甚至感觉自己完全潜入了水中，惊讶于身上竟然一点儿也没湿。将脸伸出船舷外看湖底，其深度不过二三尺或四五尺。我想，林和靖的"疏影横斜水清浅"说的就是这湖吧，凝视湖底时，我第一次体会到了"水清浅"的意境和美。

我之前说，这湖水如深山的灵泉般清澈透明，这还不足以形容我此时的感受。因为这三四尺深的水，不仅如灵泉般清冽，还有一种异样的带重量的柔滑和如饴糖般的黏稠。若将此水数滴捧于掌中，暂时晾在空中的话，大概会吸收冷冽的月光，凝结成水珠吧。

我们的船桨，并不是径直地推开湖面轻快地前进，而是慢慢地推开黏稠的带着重量的湖水，在水中吃力地前行。有时船桨一离开水面，水便泛着青白色的光，如一件薄衣般笼罩着我们的桨。说水里有纤维可能有些奇怪，不过就是感觉这湖水像是由比蜘蛛丝还细的微小的、带着奇妙的执拗弹力的纤维所组成的。

总之，是一汪清澈秀丽，但不轻盈，而是带着钝重感的水。之所以会有这种感觉，其中一个原因或许是其水底密密麻麻地长着如青苔般细密的水藻，反射出如柔软的天鹅绒地毯般的暗绿色光泽吧。

实际上，除了将其比喻成非常精巧、带有惊人的美丽光泽和柔软度的天鹅绒之外，我找不到更恰当的词语。空中的月亮女神为了使这天鹅绒的质地更富光泽，用无数根细长的银丝，在湖面上绣满了逶迤的波纹。

人间若有如此美丽的织物，我真想将其穿在东京我最喜欢的女演员 K 子的身上。

如果这湖里有仙女的话，那么她穿的斗篷的面料，定是这天鹅绒。因为湖底实在太浅，总感觉船桨会无心搅乱这天鹅绒湖面。桨一划动，如沙尘在空中飞舞般，浑浊的泥土便画着圆像烟雾般浮了起来。

船经过柳浪闻莺，改道向西，朝湖中心划去。左岸一团黑乎乎的低矮树林，应该是桑田什么的吧。再往右岸一看，——不知不觉间，船已经掉转了方向，周围一下子变得开阔起来，宝石山的保俶塔如快要淹没在波涛中的桅杆一般，静静地矗立在遥远的空中。

其左边的葛岭山脚，灯火忽闪忽闪的便是新新旅馆了。从这里远眺，对岸显得非常远，西湖看起来就如海一般宽广。可说它是海的话，水面又未免太过平静，一点波浪都没有。

我想象着我的身体如蝼蚁一般渺小，置身于大理石圆盘中。记得孩童时代，站在原野中央，闭上眼睛转上几圈，再把眼睛睁开，便能感受到天地的雄伟壮阔。不过比这更让人不可思议的是，西湖虽如此开阔，可无论走到哪儿水总是仅有两三尺深，或顶多能没过人的胸部的深度。这时我深深地感到，西湖不是湖，更像是一个巨大的池塘。巨人如果制作盆景，一定会造出西湖这样的景观。

此湖之所以能如此平静，且湖面上能如此清晰地倒映出所有物体，是因为水底很浅，以及没有波浪吧。就像是水盆中也能倒映出山的影子一样，就算只有两三尺深的水也是水。船的正面是苍郁的孤山，左边是如女性优美的曲线般连绵起伏的天竺山、栖霞岭、南高峰、北高峰等山，像是要融进月光中一般朦胧，但其影子还是一一倒映在水中，当你看到其庄严的姿态时，哪有闲暇去顾及水底是多么浅呢。

"把船在这里停一会儿吧。"

船划到离湖心亭七八百米处的地方，我突然对船夫说道。船夫不知为何要停在此处，停下了正在划的桨，坐在了船尾。画舫如失了舵的小舟一般，在湖面上画着圈，缓慢地随波浪漂浮着。

左舷附近，雷峰塔长长的影子落在水面上，如鳗鱼般摇荡扭动。除此之外，没有一个物体在动。要说有的话，那就是塔左侧的高空中正在一点一点向右移动的满月的影子了。

遥远的孤山山脚处，大概是文澜阁那儿，可见烧得红红的篝火。侧耳倾听，在一片死寂的深处，能听见不知从何处飘来的幽笛声……

忽地，我低头凝视水面。不知为何，湖水表面如玻璃般闪着光,因此那样透明澄澈的水底竟看不见了。再凝神细看,虽无一丝微风,但湖面上如积水在地震中摇晃般,荡起如绉纱般细小的涟漪,神经质般地慌张打战。

三十分钟后,我的船在此缓缓地出发了。划过湖心亭与三潭印月之间的湖,我们来到阮公墩小岛的左边,再向将湖分为东西两半的苏堤划去。长长的堤上偶见桑田,点缀其间的一排排杨柳,摇曳着如被淋湿般娇媚的枝条。传说是苏东坡所建的苏堤六桥中,从左往右数第一座的映波桥和第二座的锁澜桥被树荫遮住了,但第三座的望山桥和第四座的压堤桥就在我们船的前方,呈弓形弯曲。

"喂,穿过望山桥,去对面看看。"

"那边没什么可看的。而且那边水很浅,水底水草丛生,船不好进入。"船夫面露难色。

"不好进去也无妨。能划到哪儿是哪儿。"

我如此催促着。他勉为其难地将船头掉转到望山桥方向。石造的拱桥上爬满了爬山虎和蔓草,圆圆的弧形倒映在水面上，船像是在一整个圆环里穿行。船在桥下刚过一半时，船底开始沙沙作响。果然如船夫所说，那边长长的水草繁茂，如芒草般随风摇曳，仿佛拿着竹耙子粗暴地搅乱船底。不过，往前划了十来米，水草便逐渐稀疏，水又深了起来。

正在此时，离我的船五六尺处的水中漂浮着一个白色物体，划近了一看，一具女尸躺在水草上。比玻璃还薄的浅浅的湖水刚刚没过其仰卧的脸庞，因月光的照射，她的容貌比在空气中看起来更加年轻。这女尸正是昨天在火车上，然后在清泰旅馆的阳台上又见过几次的那位美丽的小姐。从她双眼紧闭，双手抱胸，静静横躺的样子判断，应该是深思熟虑之后决定的自杀。不过，她的脸上未见一丝痛苦，这到底是怎样一种死法呢？她的脸上闪烁着安详且灵动的光辉，让人觉得她并没有死，只是香甜地睡着了。

我将半个身子尽量探出舷外，将脸凑近她的脸。她那高挺的鼻子仿佛要露出水面，我似乎能感觉到她的呼吸。她那如雕刻般过于硬朗的五官，也因浸在水中显得柔和了许多，反倒更像真人了，那稍微有些黑得发青的脸色，也像是被洗去了污垢般洁白无比。其青瓷色的缎子上衣，也在明亮月光的照射下褪去了青色，只留下如鲈鱼鱼鳞般的银色闪闪发光。

不经意间，我看到她放在胸前的左手手腕上，还戴着我早晨看到过的小小的金手表，手表还在走着，上面的时间是十点三十一分。那细小的表针嘀嗒嘀嗒地走动，在水中都能看得清清楚楚，可以想象这是怎样一个明亮的月夜了……

那天晚上被打捞上来的她的尸体，第二天早上被安放在了清泰旅馆的一个房间里。

她叫郦小姐，刚从上海的一所教会学校毕业，今年十八岁。据她的兄嫂说，小姐最近不幸染上了肺结核，因要来宝石山的肺病医院休养，两人便带她来了杭州。可是，胆小的她以为自己患上了不治之症，便绝望地离人世而去了。

昨晚，她瞒着兄嫂吞食了鸦片，来到望山桥畔，将因服毒而麻痹的身体沉入了清澈的湖底。

听了她的故事，我不由得想起同样死在这湖畔的六朝名妓苏小小。苏的墓至今仍在西泠桥畔，墓上覆建的慕才亭的四根石柱上，写着许多悼念这位薄命佳人的诗句，摘录如下——

金粉六朝香车何处，
才华一代青冢犹存。（叶赫题）

千载芳名留古迹，
六朝韵事着西泠。
湖山此地曾埋玉，
风月其人可铸金。（皮淋集）

桃花流水杳然去，
油壁香车不再逢。（徐兰修）

花须柳眼浑无赖,

落絮游丝亦有情。(孔惠集句)

灯火珠帘尽有佳人居北里,

笙歌画舫独教芳冢占西泠。(平湖王成瑞)

庐山日记

大正七年（1918 年）十月十日　晴

　　早上八点睁开眼，晴空万里。从北京出发到这里已经一周，几乎每天都是晴天，实属难得。上午写日记，读庐山志。

　　今天是星期天，有许多中国人到对面的天主教堂做礼拜。教堂的钟声响彻云霄，在空中回荡。

　　下午四时许，我与田中氏以及碰巧来访的太田氏一起前往九江市的中华街。从租界通往中华街的路上有两座石拱门，穿过拱门向右拐，再拐入左边的小路，便到了龙池寺前。

　　据传，建寺人乃晋朝慧远。进入寺前的拱门，湖畔码头左侧有一垃圾堆，满是尘埃。

　　码头石阶下，有六七个年轻的女子在洗衣服。我们喊来在烟水亭畔休憩的船夫，上了船，向湖中心驶去。烟水亭的右边是一长堤，堤上种满了柳树，右舷方向，河岸的石崖上九江城外的房屋鳞次栉比，有红色的柱廊、灰色砖砌成的阳台，还有上方呈锯齿状的土墙，这些房屋均有直达水面的石阶，各处还有突向水面的码头。

　　左舷方向，可见九江的城墙、城外的教堂、学校、丘陵，对面耸立着能仁寺七面八层的砖塔（据传，此寺始建于梁武帝时期，宋仁宗时期的白云瑞师曾居住于此）。

　　塔的稍右方，隐约可见庐山葱郁的山脉，一直延伸到右边的街区。随着船离岸越来越远，右舷方向的街区的突角依次展开，其对面出现了一排连片的房屋，绵延不断。西式的楼阁和刷着白墙的房屋渐渐消失，取而代之的是如流动货摊般用草席或木板围成的简陋房屋，其后方是城内连甍接栋的街区，城墙那头的学校，仿佛近在眼前，触手可及。回头看来时的方向，那座天主教堂两座哥特式的屋顶，载着十字架秀丽地立在空中。

登上烟水亭后，便到了寺院的正殿、客殿。正殿悬一匾额，上书"鸢飞鱼跃"。穿过本殿左右的拱门，临水处便是客殿。白色的围墙上有窗，可眺望水上。围墙上爬满了蔓草。从左边的客殿眺望湖面的风景尤其美丽，这里是最适合眺望庐山的地方。所以上面悬一匾额——"才识庐山真面目"。

出了烟水亭，我们再次登船，往长堤方向驶去。阳光穿过薄薄的云翳，变成两三根光柱，照向右舷边的湖面。庐山在夕阳的光辉中渐渐变了颜色，蓝色的底色中零星点缀着茶褐色的褶皱。其后方还有蜿蜒苍郁的山脉，宛如前面的山在天空中投下的影子般。

据太田氏说，在更后方还有一座山脉，一共是三重山。在前山右侧山顶处往下稍低的地方，茶褐色的低洼处有一稍微泛出白光的建筑，据说这便是牯牛岭的西洋馆。

庐山山壁向远处延伸，黑色丘陵起伏处与市郊相连，其间升起阵阵暮霭。长堤上有十几个年轻市民自右向左闲庭信步，晚风吹拂起他们长衫的下摆。他们大概是学生吧，神态十分高雅。左舷一带的岸边，有许多晾着衣服的竹竿。

船到了天花宫一侧的长堤。堤上种着粗壮的杨柳树，其根部浸在水中，树枝繁茂，垂向遥远的对岸。内湖有少许波涛，湖水清澈；另一侧的湖水呈白色，湖面平稳。

从堤上往右走，看到有人在修渔夫的船，有人在晒网，有人在摆放钓鱼的罩网，还有许多人背着装满鲫鱼的网往回城方向走去。内湖对岸，左侧丘陵处，有许多松树，还有许多田野，景色与日本相近。天花宫外侧有泛黄的银杏数株，更像是紫苏色，又或者是已经褪色成了铁屑色。从长堤西侧尽头处回首远眺，树叶在白墙的衬托下，沉入水中，美不胜收。从梳妆亭那六面三层的可爱建筑的屋顶，或是枝叶间望去，少女们的身影若隐若现。

我们再次上船，踏上归途。从城外左边方向，我们前进的直角处，划过来一艘画舫。船上并排坐着一位穿淡红色衣服的青年和一位穿淡蓝色衣服的女子，另外还有两三位客人。无数鸟群在空中飞舞，水上小鱼跳跃，几十只燕子在我们的船前方掠过。

太阳被云彩遮盖，变得更红了，在左舷前方的水上映出一条直线。这时不经意间注意到，庐山的颜色已经第三次发生了变化，中部以下已经完全被淡褐色的云彩包裹。

从船上登岸后便与太田氏道了别，请田中氏为我做向导，从西门进了城。看起来应该正好赶上火车到站的时候，从狭窄的门内进城的人颇多，无数的轿子、挑行李的苦力、士兵等，行人如织。

地上满是泥，一个挑夫抬着一个绅士，脚下一滑，跌倒在城门下。混杂的人群中，挑着烧卖的小贩在来回走动。街上还能看到有些商店里挂着纱布和毛毯在卖。我们买了九江名产陶器和纸，于六时刚过时回程。明天将要与太田氏一同登庐山。

十月十一日　云

　　早上八点半起床，十点吃过早饭，太田氏过来邀我。我们将行李交给苦力，雇了隔壁牯岭公司的轿子，我与太田氏一起出发去庐山。此时是上午十一点半。

　　从龙开河上大桥的桥畔处向左转，我们向市区走去。依旧是狭窄的街道，行人熙熙攘攘，太田氏乘坐的轿子在前面走，淹没在人群里，连影子都看不到了。不一会儿，我们向右拐，向市郊走去，左为甘棠湖、右为龙开河的中间，有一条如丝般狭窄的小路，向前延伸。

　　一路上，可见烟水亭如烟的杨柳、能仁寺的宝塔、天花宫的白壁、梳妆亭的三层楼，一幕幕景色在左边消失不见。内湖西岸的丘陵上零星有墓石，其间有牛群徘徊。路最终蜿蜒转入芒草丛生的小山间。偶尔会有僧侣从对面走来。又有一个牵着羊的人走过。阴沉沉的天空，鸢、喜鹊飞舞，庐山一片青葱，与前方的道路相连。郁郁葱葱的山上，可见一些细小的山峰和山谷，正面有一座最高的、呈乌帽状的双峰，其左边是稍低的、较为平缓的山脉，其右边是呈乌帽状的山脉，及欲与天公试比高似的高耸、像一道屏风般遮住了天空的峭壁。

这条山脉的面积十分广阔，其右侧还有一座稍低的山峰，十分陡峭，如被削去一般，山延展到此处便是尽头。左端小山峰的上空有一排鸿雁，如一串念珠，从右至左又远又小地飞过。那形状如同水中漂浮的水藻，随意地形成各式圆圈，有时像抛撒渔网般"啪"地画一个大圆，有时像烟火燃烧的灰烬般，歪歪斜斜地快速从空中跌落。另外，苍翠的山峰前方也有雁群，来时的路上也有雁群，鸟非常之多。

不知何时，左右出现一片开阔的水田，水洼中照例有水牛休憩；再往前走，有黑白的小猪在路上徘徊，前方庐山脚下有一片起伏的丘陵。路上不时有卖苦力们穿的草鞋、可供饮茶休息的小茶馆。

我们在那休息了两次，发现已经登得很高了，右方可见一片开阔的湖，这是塞湖。回头一看，发现塞湖的右边是甘棠湖。

对面有一条黄色的水带，浩浩荡荡地由右至左流入天际，此为长江。江对岸又是一个湖，目之所及，全都是水。只是在甘棠湖的前方，刚刚路过的丘陵如牛背般横卧，天和水都如同蒙上了一层铅灰色。

庐山稍微明亮了些，在其中央乌帽形的山峰前方，有一座如宝珠玉石般缓缓起伏的山脉。宝玉上刻着三道深深的皱纹，在青色烟霭的底部展示出茶色的玉肌。右边峭壁前方分出一脉山峦。此为大林峰，其右方如一颗瘤子般突出的山峰顶上，树木丛生，据说此为香炉峰。

我们再次坐上轿子往前走。左边是满是芒草的山丘，右边是沿着塞湖的平地。树木中杨柳较少，远处的原野上零星散落着银杏、黄栌，有些树木的叶子已变红。

不一会儿，左侧隔着小河可见一座小小的三重塔。此为濂溪寺。这座寺庙是为祭祀周濂溪①所建，只有一座小塔和低矮的白墙堂宇，河上架着一座濂溪桥。拱桥的一面爬满了藤蔓，影子倒映在水里。我们进入了小村十里堡。街道上罗汉松的叶子从一个屋顶延伸到另一个屋顶，大有遮天蔽日之势。我们在这里再次休息。乌帽形的山峦向我们左边渐渐逼近，我们已被庐山环绕。下午两点，终于到了登山口——莲花洞。到此为止都是能通汽车的平坦大道。

左侧有一树木苍郁的山峰。照例是由峭壁组成的山，分成几座山脉向右边延展。可听见路边溪流淙淙的流水声。在山脚的牯岭公司处慢慢追上太田氏，在二楼喝了茶吃了饭。苦力们在对面的茶馆里吃饭。从九江到这里的路程大概是日本的四里。听说这一带的

---

① 周敦颐（1017—1073），世称濂溪先生。是北宋五子之一，宋朝理学思想的开山鼻祖，文学家、哲学家。著有《周元公集》《太极图说》《通书》。

溪边，天气转凉时会有老虎出没害人。还有豹子栖息于此。

终于，我们开始向山路进发。这里几乎都是十分陡峭的石阶。我自然地仰面向上，双脚快要触到前面苦力的腰部了。两侧是高峰，还有低矮的罗汉松林立。前面的太田氏，戴着礼帽仰面朝天的样子倒是别有一番韵味。穿着灰色衣裳的僧侣，在我们前后走着，左肩挑着白色的袋子，头戴四角头巾，长长的衣服下摆，脚穿僧鞋悠然地登着山。每上完一段石阶来到平地时，苦力们都会停下来歇口气。抬脚时也频繁换肩。

沿着乌龙潭的山谷向上登，长江、塞湖、湖畔田园的风景尽收眼底。寒意渐浓，隔着几重山的山顶上，依稀可见有积雪。

终于，我们来到山道中最险峻的一段石阶。苦力们在途中再次休息，将我们转给了其他的苦力。

这段石阶果然十分险峻，接近一条垂直的线了。这令我想起了箱根的旧道。途中经常会遇到西洋的老妇人和男子下山。这条路登到尽头，左侧有一可供休息的茶馆，右侧是面向大林峰的数千尺的溪谷。巍然耸立的山峰的斜面，不时露出如煤炭般黑的岩石。山峰开阔处，山谷的对面可见长江如一抹白云般呈弓状弯曲，冲向天空。上游比下游稍宽，看起来像是流向天空，江水与天上的云融为一体。可见远处的山麓处有西林寺的白塔。掩映在塔右边的松林间的，是东林寺。可是，旁边的香炉峰却不可见。

来接太田氏的人来了。徒步往前走两三百米，从隔着一座山峰的山谷地面处，可以眺望牯岭的中华街。据说从这里走过去还有一里路。我们再次乘坐轿子前往。树木渐稀，左右两侧的山上垒着许多奇岩怪石。有的垂直地垂向山谷，有的像是快要从头上掉下来，这三千尺绝壁之间的路崎岖蜿蜒，或上或下，我想这应该是最陡峻、最危险的部分了。而每当长江出现在山的突角处，便形成了右边的一片天空。

不久，我们到了中华街。太田氏在左，我在右，离开中华街，沿着满是圆石的溪流走，来到了大元洋行分行。在此两侧无山峰可望，十分荒凉。

十月十二日　云

早上八点起床，天空照旧满是乌云，寒风颇凛冽。十点刚过，便跟着做向导的妇女去附近游览。出了旅馆略往前走，从对面的山谷升起一团如绵的白雾。

路左边有奇岩突出处，其下方便是所谓的锦涧溪，深不可测。对面像是大林峰，可是谷底升起茫茫雾霭，看不清。此谷常有雾，夏季有时放晴，可如今这时节，早晨不宜眺望。后悔没有早些来中国旅行。沿着溪水向右，来到一片平地。

雾中可见中国人开的旅馆，路旁有低矮的银杏树、松树、石楠花等。地面有许多岩石，其间有清水流过。越往前走，雾越浓，眼前如海一般一片白色。快到下坡处，山的形状隐约显现，山上朦胧间可见四角房屋。此为御碑亭。登上后在小石屋中稍作休息。

左右两边似是有锦涧溪流过的山谷，然被云雾遮蔽，不可见。据说，晴朗时在此可见长江、塞湖。

御碑亭旁沿山谷有一条下坡道，往前走一二百米便是仙人洞。洞的岩壁上刻着"洞天玉液"四个大字，洞窟中祭祀着关帝[1]。洞窟深处，有收集滴落的清水的水池。此为"一滴泉"，据说，喝了此水便可得子。御碑亭已完全被雾霭笼罩，不可见，前面的溪谷，更是白雾缭绕，团团升起。这岩窟真是如仙人所居之处。出了这洞窟，回到御碑亭前，沿着山脊走，行至天地。风稍强劲，从右至左，越过山峰，云雾缭绕。此时，山谷稍放晴，山峰的突角处，雾冲向天空的形状，犹如飞向云端的苍龙……

摘自大正七年中国旅行日记

---

[1] 关帝：关羽的敬称。

中国菜

我从小就喜欢吃中国菜。因为我跟东京著名的中餐馆"偕乐园"的老板自幼是同窗，我经常去他家玩，在那里吃饭，吃过一次之后便再也无法忘记那味道。

我在很久之后才懂得日本料理的真味，而中国菜比西餐要好吃得多。

不久前去中国旅行时，品尝中国菜也是我的主要乐趣之一。

从朝鲜进入中国满洲，第一顿饭便是在奉天城内的"松鹤轩"吃的。

听说那里是奉天一流的餐馆，可放在全中国来看也不过就是个乡下的小饭馆，然而也比东京的"偕乐园"要好吃得多。不仅美味，而且十分便宜，这一点令我很吃惊。我还去了一家叫"小乐天"的饭馆，味道也不赖。

去之前，我听说中国的本帮菜，名字与在日本的中华料理很不一样，可去了之后一看菜单，与日本的并无大异，里面还有完全相同的菜名。只是种类比日本的中国菜要多得多，有很多菜名我连听都没听说过。

总之，我到中国唯一有自信的就是中国菜的菜名，我对中国菜的了解，比很多长居中国的日本人还要多。

别人请我吃饭时，我也会看着菜单从中选择喜欢吃的菜点。

总而言之，在北方，北京菜最好。

北京新世界附近有很多一流的菜馆，那里汇集了各个地方的菜肴，山东菜、四川菜、广东菜，挂着各色菜系的招牌。

在奉天和天津，菜虽美味，可饭馆里的座椅和餐具实在是不太干净，而北京的菜馆则要干净得多。

　　要是能像日本那样提供一次性筷子就好了，可这里给的一般都是重复使用了很多回的象牙筷，我每次都用烫热的绍兴酒消了毒再用。

　　我曾听说山东菜系发达，因此山东出手艺好的厨师，我便去了山东菜馆"新丰楼"，一看菜单，这里的菜竟有五百种之多，令人大吃一惊。

　　即便不是所有菜品都能全年提供，但是就算只有一半，也是很多了。

　　中国菜中用干货多过用鲜物，因此这些菜品的原料是常年都有备的。

　　五百多种菜品大致可分为二十八类。下面就列举一下这二十八类。

　　一、燕菜类；二、鱼翅；

　　三、鱼唇类；四、海参类；

　　五、鱼肚类；六、鲍鱼类；

　　七、瑶柱类；八、鱿鱼类；

九、鲜鱼类；十、鱼皮类；

十一、鳝鱼类；十二、元鱼类；

十三、鲜虾类；十四、填鸭类；

十五、子鸡类；十六、火腿类；

十七、肉类；十八、肚类；

十九、腰类；二十、肫肝类；

廿一、蹄筋类；廿二、蛋类；

廿三、菾菌类；廿四、鲜菜类；

廿五、豆腐类；廿六、甜菜类；

廿七、熏卤类；廿八、点心类。

第一类燕菜类，是各类燕窝菜的集合，将燕窝做成各类汤。我觉得与其说是燕窝美味，倒不如说是汤的味道更加鲜美。

第二类鱼翅类，是用鲨鱼的鳍做的菜，大概有十三种。

第三类鱼唇类，我分不清是鱼唇的皮还是鱼肉，总之是将一种黏滑的东西做成汤，这道菜是我到中国之后才第一次吃到的。

在日本，人们也喜欢吃鱼唇，而在中国，可能是由于鱼比较大，因此其唇皮又大又厚，一般都是将其切得很细炖成汤，且炖得很烂，所以乍一看根本不知道原本是什么。

第四类海参类，即用瓜参做的菜，种类大概有二十六种。

第六类鲍鱼类，即用鲍鱼做的菜；第七类瑶柱类，即用干贝做的菜；第十八类肚类，即用哺乳动物的胃做的菜；第二十一类蹄筋类，即用动物蹄部附近的蹄筋做的菜。蹄筋如丝一样细，像橡胶一般有弹性。颜色像饴糖一般，呈半透明的米黄色，十分美味。

第二十二类蛋类，即用鸡蛋做的菜；第二十三类荪菌类，即用竹笋和菌菇做的菜，种类繁多，有六十六种。

有很多种菌菇我以前从来没有吃过。我记得有一种是蒙古产的菌菇，叫口蘑。

第二十五类豆腐类，我在北京没吃过，在南方吃的豆腐与日本的完全相同，将其做成味噌汁之类的菜，则完全吃不出跟日本的豆腐有何不同。有一种叫酱豆腐的菜，光看外观完全看不出原材料是什么。

第二十七类熏卤类，我不太记得是什么了，好像是用酒腌渍或是烟熏的菜。里面有西餐中的牛舌。

第二十八类点心，是在餐间吃的零食或面类。这种菜中使用的汤汁也有几十种。有一种叫"奶汤"的，我来中国之后第一次吃，呈现杏仁水一般的奶白色，听说里面加了牛奶。

另外，禽类的内脏比日本的大得多，有肉，会让人误认为是西餐的牛肝。味道也远在日本的内脏料理之上。

不过，中国也有不怎么好吃的菜。

在著名的武昌黄鹤楼吃的海参，有一股奇怪的干货的腥臭味，实在是难以下咽。

因为在北京吃的菜都很美味，我自然以为到了南方的上海也会很好吃，结果却跟我想得不一样。可能是因为上海的中国菜多少有点受西餐的影响。

其实，西餐和中国菜有很多相似的地方，那么中国人做的西餐应该也不错吧，应该比日本的厨师做得好，结果却并非如此。

在上海的中国人开的西餐厅，没有一家能打动我。如此看来，日本人做西餐的手艺要好得多。

在南方，我觉得菜做得最好吃的是南京，其次是杭州。

在南京，听说河虾是当地的名产，其味道清淡，很合日本人的口味。用蟹做的菜也很受好评，不过都不是海蟹，而是河蟹。在长江里捕获的蟹跟日本的海蟹差不多大，做成日式料理也很好吃。

在杭州，我去吃过很高级的餐厅，但是乡间的小饭馆也很好吃。用鸭蛋做的皮蛋，在日本也有，不过在中国到处都有卖，我在中国旅行时，经常将其像日本的煮鸡蛋一般，用作代餐。

我住在杭州的旅馆时，早餐就经常吃它。那一带一个皮蛋两三分钱，吃两三个，再吃点炒饼，不用吃面包，就是一顿早饭了。

晚上我就在日本的乌冬面馆、荞麦面馆吃上一碗热的粥饭。一碗两三分钱。这里的粥不是日本的那种给病人喝的粥，里面会放入鸭肉一起煮，很适合在寒冷的夜晚吃。不过里面有一股奇怪的生油味，如果改良一下，应该会很合日本人的口味。

我在中国吃的大多是中国菜，不过偶尔也会有日本人请我吃日料，可是看着那颜色怪怪的刺身，我实在是难以下筷。

我听说，在中国吃中国菜，不仅卫生，而且很安全。只是中国人喜欢在汤里放很多大蒜，这一点大多数日本人吃不消吧。我虽不讨厌大蒜，但吃了之后，第二天小便会有臭味，这一点让我有点为难。

中国人在日本开的中餐厅，看到日本客人来了，好像都不放大蒜。

读了崇尚神韵缥缈风格的中国诗，再吃了味道比较重的中国菜，觉得两者之间有明显的矛盾。可是对这两者兼容并包，才显示出中国的伟大。

准备如此复杂的饭菜，再饱食一顿，我觉得这样的国民是伟大的国民。中国人比日本人酒量大，但很少有喝得酩酊大醉的。

　　我认为要想了解中国的国民性，首先得吃中国菜。

中国趣味

提到中国趣味，如果单说中国趣味似乎听着很随便，但其出乎意料地与我们的生活有着很深的联系。

我们今天的日本人，看起来已经完全吸收了西方文化，并且被其同化了，但其实，中国趣味比我们想象的要更强烈地根植于我们的血液深处，这一点很让人吃惊。特别是最近，我对其感触极深。

有不少人曾认为东方艺术已经落伍了，不将其放在眼里，一味地憧憬西欧的文物，然而到了一定的时期，他们又开始回归日本趣味，并最终趋向于中国趣味，我自己也曾经是这样。特别是留洋回来的人中有很多这样的人。

我在这里谈的主要是艺术家，不过，如今五十岁以上的绅士，只要是多少受过教育，无论其思想、学问，还是趣味，大概都以中国的传统为基调。

老一辈的政治家、学者、实业家，都会作一点拙劣的汉诗，会一些书法，玩过一点古董书画。他们都是从小受其祖祖辈辈传承下来的中国学问的熏陶长大的。

虽说中间有一段崇尚西洋的时代，但随着年岁的增长，他们又重新回归到祖先传下来的思想。

有个朋友告诉我，一位中国人曾发出这样的感慨："如今，中国艺术的传统在中国早已消亡，倒是在日本还残存着。"这句话确实揭露了一部分真相。如今中国的知识阶级，整体上如日本的鹿鸣馆时代 [①]

---

① 鹿鸣馆时代，指日本明治中期以鹿鸣馆为象征的一段欧化主义时期。1879 年井上馨出任外务卿后，为加速同西方国家进行修改不平等条约、收回国权的谈判，遂在国内推行欧化政策，以示日本已"脱亚入欧"。为此，于 1881—1883 年在东京日比谷内幸町建成欧式豪华国际社交场所鹿鸣馆。"鹿鸣"二字取自中国《诗经·小雅·鹿鸣》之"呦呦鹿鸣，食野之苹，我有嘉宾"句，有"迎宾"之意。自此，日本政府常在该馆举办各种国际社交联谊活动，笼络西方人士，时人称此为"鹿鸣馆外交"。1887 年井上的修约交涉失败，同年 9 月井上辞职，该时代宣告结束。

一样，一时间迷醉于欧美文化，但最终，他们一定会回归到国粹保存主义上来。

在中国这种有着独特的文化和历史，国风又相对保守的国家，这一点是必然的。

对如此富有、美丽的中国趣味，我感受到一种遥望故乡山河般的憧憬，同时，我也抱有一丝恐惧。

因为，别人可能不知道，但对我而言，这种魅力会消磨我在艺术上勇猛追求的斗志，会麻痹我创作的热情。——对于这一点，我之后再找机会详述。

总之，中国传过来的思想及艺术的精髓是静，而非动，这对我来说不是件好事。——我越能感受到中国文化的诱惑，便越恐惧。我幼时曾上过汉学私塾，母亲也曾教过我《十八史略》。

我至今仍然觉得，比起现在中学里教的枯燥无味的东方史教科书，那些充满了有趣的教训和逸事的中国书籍，对孩子来说要有益得多。

在那之后，我曾去中国游玩了一次。我虽对中国恐惧，但我书架上关于中国的书籍，却是越来越多。

我一边想着不看了、不看了，却又忍不住翻开二十年前爱看的李白和杜甫的诗集。

"啊，李白和杜甫！多么伟大的诗人啊！就是莎士比亚和但丁，难道就比他们了不起吗？"每读一次，我都被其诗歌的优美所打动。

我搬到了横滨，开始从事拍摄电影的工作，住在满是西方人的街上，住进了洋楼，但在我书桌左右的书架上，除了放着美国的电影杂志以外，还有高青邱和吴梅村的诗集。每当我因工作和创作身心俱疲时，我都会翻开那些杂志和中国人的诗集读一读。

当我翻开 *Motion Picture Magazine*、*Shadowland*、*Photoplay Magazine* 时，我的思绪便飞到了好莱坞的电影王国，燃烧起无限的雄心。

而当我翻阅高青邱的诗集时，只要读到一行五言绝句，我便被那闲寂的意境所吸引，刚才的雄心和活泼的幻想，瞬间就像被浇了一盆冷水般冷却下来。

我不觉感到："什么是新事物？创造又是什么？

人类所能到达的极致的心境，不就在这五言绝句里吗？"我感到这样很可怕。

今后我将何去何从？——如今的我，尽力反抗中国趣味，但又时而以一种渴望见到父母的心情，悄悄地回归于斯，如此往复。

上海见闻录

这次去上海，最开心的，就是与上海青年艺术家们的交往。详细的情况连载在杂志《女性》的五月刊和六月刊上，各位读者可去读一读。

总之，九十多个中国青年聚集在一起，为我举行了一场从下午三点持续到夜里十二点的盛大宴会，可见他们对我有多么热情。

那天，他们还为我拍了电影，我与欧阳予倩[①]君一起，在镜头前拍摄特写。

席上许多人表演了节目，要是我不做点什么实在不好收场，于是趁着醉意发表了一场即席演讲。

[①] 欧阳予倩（1889—1962），出生于湖南省浏阳市，中国作家、编剧、导演，先后毕业于早稻田大学、明治大学。

我在里面加入了一些诙谐的玩笑话，席间有三四成能听得懂日语的人，还没等郭沫若君的翻译，便笑了起来。还有人互相将人抬起来抛向空中。

我本对自己喝绍兴酒是有自信的，喝个一升左右都不在话下，可那天晚上实在是太高兴了，喝得酩酊大醉，等我走出会场的时候，已经脚步踉跄了。

郭君不放心我，便陪着我坐车，一直送我回旅馆。我扶着郭君的肩膀，才勉强走上了楼梯，一进屋我便吐了出来。醉成这样，十多年来我还不曾有过。

当然，在这里写下这些，并不是为了表达我个人的欢喜。而是为了告诉诸位，他们对日本文坛有多么了解。

当时正值武者小路①君和菊池②君在中国最负盛

---

① 武者小路实笃（1885—1976），日本小说家、剧作家、画家。曾在东京大学学习，中途退学。年轻时，醉心于托尔斯泰。提倡人道主义。1910年与有岛武郎、志贺直哉等创办《白桦》杂志，成为白桦派的代表作家之一。1951年获日本文化勋章。后刊有全集25卷。

② 菊池宽（1888—1948），日本小说家、戏剧家。主要小说作品有《无名作家的日记》《珍珠夫人》《新珠》等。

名之时。我也是因为赶上了这个好时候，所以受到了如此热烈的欢迎。

一天，《神州日报》的余洵君来拜访我。

见了面之后，他问我："不好意思，我想请问一下，您在日本的稿费以多少字为单位结算，大概是多少呢？"我回答，以每四百字为单位，稿费最低到最高是多少。

他又问了更细的问题："我看日本的小说，对话都是单独成行的，那样也算一页吗？"我回答："是的。"

他说："你现在手上有稿子吗？能拿一张给我看看吗？"我说现在手上没有稿子。"那您应该有稿纸吧，请您给我写一张吧。随便写点什么，短的随笔或是以前的小说都行。不用整张纸都写满，最好是有对话，写成零散分开的内容就行。"

余君向我提了这个有意思的要求。我按照他说的写给他了，他将这张稿纸的照片登在了他的报纸上。并配文："日本的小说家仅凭此一页纸就可以拿到多少多少稿费。然而在中国，即便将一张纸都写满，最多也只能拿到七八元大洋（相当于日本的十元左右）。我们民国的文坛还很落后。"

《菊池宽剧选》的译者、同时也是创作家的田汉君，是名副其实的日本现代文学通。

一天晚上，我们一起去"新六三"喝酒，我说了句"下烟袋"[1]，在座的长崎出身的艺伎和日本诸君都不明白我这句话是什么意思，还有人说，是"下野"[2]的意思吗？

田汉君不仅知道这句话的意思，还记得我曾在旧作 *The Affair of Two Waches* 里用过该词。连作者本人都已经忘记的事，他却记得，我真是对其非常

---

[1] 日语为"扬扬得意"之意。
[2] 日语里"野に"与"脂"（烟袋）同音。

钦佩。

在消寒会①上，我认识了一流的导演任矜苹②。他说最近制作了一部新电影《新人的家庭》，请我去看。

于是，第二天我便来到了位于法国租界内的帝国剧院。

来之前我曾听说中国电影比起日本电影还很稚嫩，可是就抛弃本国的优点而一味地模仿西方，低级、恶俗等方面而言，日本的电影对中国也不过是五十步笑百步，如今的日本并没有嘲笑中国的资格。

特别是有段时间在浅草特别流行的连锁剧，现在已经渐渐演变成"连环剧"了，我曾看过几场，唯有这个比中国强。

至少，《新人的家庭》，无论是表演、剪辑，还是

―――――――――

① 消寒会，旧俗入冬后，亲朋相聚，宴饮作乐，谓之"消寒会"。此俗唐代即有，也叫暖冬会。

② 任矜苹，今宁波市鄞州区人。他曾是中国早期电影界的一位重要人物。是一位集电影事业家、电影导演、报刊编辑等多重身份于一身的杰出电影人。主要作品有《上海三女子》《新人的家庭》等。

导演的技术，都不比日本差。差的只是运镜和光线的使用。我问他通常会制作几部副本，答曰七部。

我问他："中国有独特的风俗传说，为何不用其作为题材拍成电影呢？"任矜苹君苦笑着说："我也赞成您的想法，可是拍电影是商业行为，没办法。"

不过，女演员即便是扮演时髦的角色也不穿洋装，穿的都是中式服装，非常美丽。并且，女演员们无论内涵如何，表面上都装作很有见识的样子，喜欢跳舞，与赞助商或年轻英俊的男演员出入卡尔顿咖啡厅，这一点无论在哪个国家都是如此。

在这里的日本女人也有很厉害的，比在日本国内见过的要厉害得多。

一次，与 M 君一起前往租界尽头的咖啡馆，一个看起来像是葡萄牙人的舞女，我们没有叫她，她却毫无顾忌地来到我们身边。

仔细一看，她是日本人，大约二十一岁，脸圆圆的，看着像个小姑娘。"喂，你是谷崎先生吧？你可不要隐瞒哟，我在日本的时候见过你。你什么时候回日本呀？回去的时候带上我一起吧。"她边跳舞边频频说服我。

她拉着 M 君和我出去了，说要带我把上海的咖啡馆都看一遍，我们坐着汽车开始在深夜的上海街头转悠。

在车上，她开始评论我的《痴人之爱》，拿朋友中的谁谁谁与娜奥密作比较，说："那个人可没有娜奥密那样的霸气。"

然后我们去了各处的咖啡馆，她叫来许多俄罗斯舞女，围在桌旁，"砰砰"地开着香槟，到了结账的时候，她抢过我的钱包，随意地从中拿出钱币。

她好像一直都没有要离开的意思，说："我们再去找一家有意思的地方吧。"M 君和我都有些吃不消，终于，到了凌晨四点多，我们将酩酊大醉的她送回了一个中国人开的旅馆。她说："肚子饿了。"便在那里吃起了炒面，大口喝着老酒。

到最后，竟开始一件一件地脱衣服，最后连袜子都脱掉了。听说她是个酒鬼，有一次喝得烂醉如泥，从滨海路掉到河里，差点淹死了。我和 M 君将神志不清的她放在床上，终于逃了出来，此时已是五点多了。

之后，因为害怕她，所以暂时避开她一阵子。有一次，我忘了这事，又去了那家咖啡馆，她又催促我："你带我回日本吧。"我也只好"嗯，嗯"地敷衍应着。

又过了十天，一天清晨，我在旅馆刚洗完澡准备换衣服时，她连个招呼都没打就直接推门而入了。

我对她说："你等一下，等我穿好衣服。"她说着："没事，我不介意。"便径直走进来，坐在了暖炉旁。她说昨晚她去了法租界德国人的住处，五六个人睡在一起，她刚从那儿出来。

她穿着皱巴巴的晚礼服，上面套着件外套，鞋子和袜子上满是泥。"我现在要去吃早饭，你如果吃的话就一起来吧。"我对她说。"早饭我就不吃了，给我点酒喝吧。"她一边说着，自己叫来了服务员，让他拿烟和酒来。之后的对话很有意思。

"谷崎先生，你会带我回去的，对吧。"

"真是对不起，带你这样的美人回去，会出事的。"

"你骗人，之前我们明明说好的。你不是说了'嗯，嗯'吗？"

"我虽然说了'嗯'，但那不是答应的意思。你回日本到底想干吗？"

"在这里待着可不行啊。……会不断堕落下去的。我回了日本，想进日活①。

"说真的，你帮我跟日活说说吧。我如果真的进去了的话，今后我一定认真生活、努力工作。你就当是拯救了一个女子吧，你就不担心我吗？我以前也不这样的。现在又是喝酒，又是抽烟，还抽鸦片。……怎么，谷崎先生，你为什么不愿意带我回去呢？觉得麻烦？"

---

① 日活株式会社是日本的电影制作发行公司。日活这个名称来自于 1912 年创立之初的名称——日本活动写真株式会社的简称。日活是与东宝、东映、松竹和角川映画并列的老牌电影公司之一。

"是有点麻烦。"

"我还以为你是对女人很热情的人呢，没想到你这么冷淡。"

我没有接她的话，佯装没听见，开始吃早饭，她突然抱住我，还硬要将嘴唇往我脸上凑。她的嘴里一股臭气袭来，恐怕她早上脸都没洗就过来了，之后又喝了酒，嘴里的气味实在叫人受不了。

我冷酷地将她的嘴推回去了。接下来她开始口若悬河地说起了上海腔英语，伺机凑过来亲了我一下。

正在这时，田汉君进来了，"去帮我叫辆车吧。"于是她便出去了，倒是个爽快的女人。

原来田君来了有一阵了，他在屋外听到里面动静很大，本想着就这么回去了，在走廊里徘徊了良久。

上海这地方，一方面十分时髦、非常发达，另一方面，却让人感觉比东京要落后得多。

上海市内虽有二三十家舞厅，但要论舞技，东京的"帝国饭店""花月圆"、以前的"大饭店"里的常客（有日本人有西方人）要好得多。

音乐据说以前还不错，现在也是比不上日本。舞台上的表演，也没有能超过日本的曲艺场的。

电影以美国的二流作品为主，基本没有欧洲的。经三井银行的土屋君介绍，我在东方第一，不，在全世界也是屈指可数的大酒店"Majestic Hall"住了两三晚，一天的住宿费最低是二十五元大洋，最高是七十五元，酒店里的设施可谓是奢华至极。里面最好的酒是波尔多地区产的1922年的拉菲，可长崎的日本大饭店里就有1911年的勃艮第酒，从这点上看，上海就有点寒酸了。菜也算不上好吃。

另外，中国人的风俗受了西方的坏影响，与我八年前来时已经大不一样。我本想着，如果有喜欢的地方，可在上海购置一套房产，可是失望而归。要想了解西方还得到西方去，要想了解中国就得到北京去。

上海交游记

（一）内山书店

　　刚到上海不久的一天，应在三井银行任分行长的旧友 T 氏之邀，来到一家名为"功德林"的中国素菜馆。那天一起的有三井银行和三井物产的员工，还有一些与 T 君有交往的人，共有十来人。席上，从经纪商宫崎君那儿听到了一些颇感意外之事。现在中国的青年文人艺术家们正在掀起一场新的运动，日本的小说戏剧，其中突出的作品大多经由他们之手翻译成中文。"你要是不信的话可以去内山书店问问看。你认识内山书店的老板吗？那里的老板跟中国的文人们有交往，你去那儿的话对这些情况就非常了解了。"

宫崎说道。

我之所以对此感到意外，是因为大正七年（1918年）我来中国时，想见一些在北京和上海的文人创作家，找了很多门路，结果发现在那时的民国，这样的人一个也没有。当时我问："有没有著名的小说家或戏剧家？"一个中国人答道："现在的中国还没到发展近代文化的时机。青年的志向大多在政治。即便有偶尔写点小说的人，那也是些新闻记者们的闲来之笔，而这些小说也大多是政治小说。"也就是说，拿日本来作比喻的话，当时的中国还处在《佳人奇遇》《经国美谈》的时代①。当然没有人知道我们的名字，更别提有我们作品的译本了。

在那之后，我听说中国开始流行新的口语诗，也见过周作人君翻译的《日本现代小说集》，但在时隔八年后来到上海之前，我完全没有预料到日本的文学

————————

① 19世纪80年代日本进入了政治小说创作的高峰时期，柴四郎（又名东海散士）所著的《佳人奇遇》及矢野龙溪所著《经国美谈》均为这时期的代表作品。

如宫崎君所说，已经被如此大规模地介绍到中国。从报纸上看，中国的青年至今仍埋头政治运动和社会运动，我想他们还无暇顾及文学。

几日之后，M 君带我去了位于北四川路阿瑞里的内山书店。据说这家书店是除满洲外中国最大的一家日本书店。老板是一位富有朝气、通情达理、十分有趣的人。店内火炉周围放有长椅和桌子，供来买书的客人喝茶聊天用。——我想，这家书店已经成了爱书者们的一个聚集地。——老板请我在这里喝茶，向我讲述中国青年的现状。

据老板说，这家店一年的营业额能有八万元。其中四分之一是中国人贡献的。而且这一比例还在逐年增加。于是我问他，中国人主要买哪类书呢？老板说没有定论，哪类书都有人买。哲学、科学、法律、文学、宗教、美术……如今中国人的新知识，大部分都是从日语书籍中获取的。当然不限于日本的作品，西洋的作品也通过日语译本阅读。其中一个原因是，上海是商人的都市，虽然有西洋的书店，但书的种类有限，并不能轻易获得他们想看的原版书。有时他们想看原版书，便向东京的丸善株式会社[①]打听，还有一个原因，就是语言的问题。日语说起来很难，但若只是阅读的话，与英语、法语、德语相比，难度要小很多。要想体会小说和戏剧的真意，可能要花个一两年的时间学习，可若是读科学、法律等书籍的话，花个半年也肯定能读懂了。因此，想要快速获取新知识的中国人，都争相学习日语。译成中文的西洋书籍，大多也是从日文译本重译的。所谓新小说，稍微注意一下就会发现，里面很多是从日本的作品里获得灵感，或者说是根据日本的作品改编的。——也就是说，如今日语在中国的作用，就如当年英语在日本的作用一样。

"因此，现在能读懂日语的中国人有多少尚不清楚。我的店里每天都有中国人来买书。他们会在这儿

---

① 丸善株式会社：日本的书籍和办公用品等的销售公司。主要销售进口书籍。明治二年（1869年）创立。总公司在东京都中央区日本桥。

喝杯茶聊聊天再回去。"

——内山书店就是这样一家为中国的年轻人提供新知识的独家书店。其他方面暂且不论，至少在文学上，日本留学生出身的人最受社会认可，依次成名，逐渐称霸。

因此，中国文坛对日本文坛的熟悉程度，远在我们想象之上。现在的商务印书馆里，毕业于日本帝国大学的文学学士就有六七人，他们时刻关注着东京的出版物。我还听说他们正在计划有组织地翻译日本现代的小说和戏剧。

"您那边对这些情况完全都不知道吧？"内山氏说道。

"在日本留过学的中国学生，回国之后都在进行着怎样的活动。政治家和军人的话多少了解一些，可是从事文学艺术的人的消息，日本国内的人一点儿也不知道。这实在是非常遗憾的事。我们以后也互相保持联络吧。今天也有几个中国的文人来过，他们听说谷崎先生来上海了，请我一定帮忙介绍一下。前几天，报纸上登了您来上海的事，有很多人想见您。我答应说好的，近期就去把谷崎先生请来，举办一个见面会，召集几个主要的人见一下。见面会我打算近期就举办，那时请您务必光临。"

没想到在中国有这么多的知己，我感觉像在做梦一般。中国的报纸上登了我来上海的事，我也是头一回知道（之后，我在中国的报纸上读到过西条八十^①氏回国途中经过上海的消息）。

然后，内山氏列举了新进文人的代表，谢六逸、田汉、郭沫若三人。谢君研究日本的古典文学，目前正在翻译《万叶集》和《源氏物语》。有时他会来店里，就《万叶集》和《源氏物语》中不懂的地方问内山氏，"等等，这里我也不太懂。"内山氏也常常不知如何是好。田汉君译有《日本现代剧选》（这本书分为第一集和第二集出版，目前仅出版了第一集——《菊池宽剧选》。由《父归》《屋上的狂人》《海之勇者》

---

① 西条八十（1892—1970），日本诗人、作词家。

《温泉场小景》四篇组成，卷头有《新思潮》同人的介绍，记述了译者曾听冈本①、小山内②、里见③、菊池、久米④等人演讲的感想。商务印书馆发行）。此外，他还创作了戏剧集，将五个独幕剧都收录在一起，题为《咖啡店之一夜》（五个独幕剧为《咖啡店之一夜》《午饭之前》《乡愁》《获虎之夜》《落花时节》）。其中《获虎之夜》堪称杰作，听说同文书院的学生近日将在日本人俱乐部的舞台上试演这部剧。郭君是毕业于福冈大学的医学学士，如今弃医从文，被称作"中国的森鸥外⑤"。这么说好像他已经上了年纪，其实

---

① 冈本绮堂（1872—1939），日本剧作家、小说家。著有戏曲《室町御所》《番町皿宅邸》《鸟边山殉情》等。

② 小山内薰（1881—1928），日本剧作家、导演、小说家。1924年和土方与志设立筑地小剧场，奠定了日本新剧的基础。著有剧本《儿子》、小说《大川端》等。

③ 里见弴（1888—1983），日本小说家。参与《白桦》创刊。著有《善心恶心》《大道无门》《极乐蜻蜓》等。

④ 久米正雄（1891—1952），日本小说家、剧作家。作品有《考生日记》《破船》等。

⑤ 森鸥外（1862—1922），日本医生、药剂师、小说家、评论家、翻译家。曾赴德国留学。

他没那么大岁数。他比木下杢太郎还要年轻十来岁。田君和谢君都是二十多岁的青年。所以，这些人都是近来才出名，在这之前都吃了不少苦。特别是郭君在福冈时娶了一位日本妻子，也有了孩子，有一段时间连买米的钱都没有，与贫困做了艰难的斗争。内山氏说："郭君夫妻关系很好。一起养育了这么多孩子，实在是辛苦，郭君很了不起，他那日本妻子也同样令人佩服。"之后我从同文书院的教授那里听说，文章受日语影响最多的，就是郭君。他既作诗也写小说，精通英语、法语和德语，从这一点上看，的确称得上是"中国的森鸥外"。

以上三人自然会出席见面会。其实，中国的文坛也分许多派别，谢君一派与田君郭君一派多少有些争执。可能会出现一些气氛比较微妙的场面，不过来还是没问题的吧。另外，新剧运动的旗手、独具一格的欧阳予倩君也要来。此人毕业于早稻田大学，自己演戏，也当导演，最近还在制作新的电影。是集小山内薰氏和上山草人^①氏特点于一身的人物。会场设在内山书店的二楼，因为那里无法容纳所有希望见面的人，于是先叫了几个重要的人。

内山氏的这一想法正合我意。我对其表达了深深的谢意，并拜托他多多介绍人才。

（二）见面会

见面会前一天的早晨，我接到了内山氏打来的通知电话。不巧，当天我要打伤寒的预防针，一日不能饮酒，我想要是能换一天就再好不过了，可是大部分出席者都住在离租界很远的边缘地带，且方向各不相同，明天的会，今天通知改时间已经来不及了。于是当天为了我决定不喝酒，吃饭也再次安排了中国素菜（"功德林"有提供酒水，但听说不喝酒的才是正宗的素食）。

---

① 上山草人，日本演员。代表作有《七武士》《宫本武藏》等。

六点，我与在北京相识，已有八年未见的大阪每日新闻社的村田君一起出了门。日本人这边，除了我俩之外，还有前几天见过的宫崎君，中国戏剧研究会的塚本君、菅原君等。

我走进书店，暖炉前坐着一位穿黑色西服套装、戴眼镜的青年，此人便是郭沫若君。圆脸、宽额、看起来十分柔和的圆圆的眼睛。又直又硬的头发零散地向上竖起，一根一根仿佛可以数清似的从头顶往外放射出去。或许是因为有些弓背的缘故，从体型上看有些老成。

我们马上被带到二楼的会场。接着，谢六逸君来了。穿一套看上去像是春秋装的浅颜色的薄西装，上衣的下摆露出了里面的毛衣。这是一位脸颊饱满、稳重大方的胖绅士。

内山氏向谢君介绍郭君。二位不同派别的头号人物，借此机会，第一次见了面。之后，便开始了极为流利的日语对话。

谢君说："我认识您的弟弟。我在早稻田留学时曾受教于他，精二① 先生是我的老师。"

我看了看他递过来的名片的背面，上面写着：

MR.LOUIS L.Y.HSIEH M.A（DEAN OF SHEN
CHOW GIRLS'HIGH SCHOOL，PROFESSOR OF
SHANGHAI UNIVERSITY）

也就是说谢君在从事文艺工作的同时，还是上海
大学的教授，同时兼任神州女校的教务主任。

看了他的名片，再加上他稳重的谈吐和态度，以
及稍微有点稀疏的头发，感觉他已经有相当的年纪
了，但他说精二曾教过他，那他应该还很年轻。不知
精二是否知道，他以前的学生，已经在上海取得如此
高的成就了。

欧阳予倩君推门进来了。白皙的脸上戴着一副眼
镜，看起来像是舞台上的人。梳着大背头，头发乌黑

① 谷崎精二（1890—1971），日本作家，早稻田大学教授，名
作家谷崎润一郎的弟弟。

发亮，鼻子挺立，线条十分好看。从耳后到后脖颈发际线处的皮肤尤其白皙。方光焘、徐蔚南、唐越石诸君陆续进来了。我右边的椅子上坐着谢君，左边坐着方君。

在中国，西装不像在日本那么流行，但是今天在此集会的人都清一色地穿了西装。而且，他们不仅是对我，他们之间交谈的时候也都尽量说日语。我移居关西之后，有段时间没参加过讲标准东京话的聚会了。

大家都已落座，正谈得起劲的时候，田汉君最后出现了。如果不是内山氏说了句："田汉君来了。"我实在是没想到这位穿着朴素的西装的汉子竟是中国人。我可能会觉得，这人多半是东京的文人，名字暂时想不起来了。

田君的容貌风采与日本人如此相近，而且给我一种与我们趣味相同的印象。肤黑，瘦，脸长，轮廓分明，头发杂乱地自然生长，眼里发出神经质的光，长着龅牙的嘴忧郁地紧闭着，毫无笑意，习惯性地低着头，极力控制着的神情，像极了二十多岁的我们。

他面对着桌子，眼睛向上一抬环视了一遍在座的各位，沉默了一会儿，突然说道：

"谷崎先生，这是我第二次见您。"

（这时，我再次被他的声音所震惊。那利落的语调不正是标准的东京腔吗？）

"是吗？你见过我吗？"

"是的，见过。《业余爱好者俱乐部》在有乐座^①首映的时候，我去看了。那里面有您的特写镜头吧。"

"啊，是吗？那你是在电影中见到的吗？"

"我也知道栗原托马斯^②。你们曾去由比滨^③拍摄过外景吧。那时我正在镰仓避暑，看到过你们在拍摄。"

这使我不由得想起了遥远的大正电影创立时代的

———————

① 有乐座于 1908 年 12 月 1 日开业，1923 年 9 月 1 日，在关东大地震中被烧毁，是日本第一家全座位的西式剧院。

② 栗原托马斯：《业余爱好者俱乐部》的导演。

③ 由比滨：日本神奈川县镰仓市濒临相模湾的海滨沙岸。以海水浴场闻名。

事。那是大正九年（1920 年）的夏天。那时田君正好在日本留学。

餐桌上的谈话不久便转移到了中国的文坛和戏曲界。我最想知道的是，宫崎君说的日本的作品被大量翻译到中国，我想了解其范围和种类。我说了我的想法，我希望他们能帮忙收集这些日本作品的中译本，作为礼物带回日本文坛。

田、郭两君告诉我，其实有很多的计划，如果要找的话，日文书籍的翻译也有很多，很多人虽然已经把作品翻译出来了，但无奈一般的读书界还未进步到如此地步，所以书店并不愿将其作为单行本出售。

日本作家里最广为人知的是武者小路氏和菊池氏。前者的作品《一个青年的梦》和《他的妹妹》（《他的妹妹》中译本题为《妹妹》，由田汉氏的弟子周白棣翻译，中华书局出版。《一个青年的梦》目前我手里还没有），后者的作品有之前提到的《日本现代剧选》，比较正式出版的也就这些。其他的偶尔也有在同人杂志上发表的，不过这样的杂志一般寿命都不长，刚开始发行不久就停刊了，因此想从中收集作品并非易事。

不过，他们表示："您如果确实需要的话，在您回国之前，我们会尽可能收集起来给您的。"

我说道："原来如此，如今的中国就相当于我们的《新思潮》时代吧。"

"正是，正是。"田汉君马上点头说道，"戏剧方面也同日本的那个时代相似。所以我们即便写了剧本，也不敢奢望能在剧场上演，最多也就是一些非专业演员偶尔小范围试演一下。"田汉君诉说着自己的不满。

郭君苦笑着说："总之，如今的中国还处在一个令人羞愧的状态。"

"那也是没办法的。我们也都是从那样的时期过来的。你们现在才二十多岁，还要蛰伏十年以上。"我再次回忆起自己的往昔岁月，今日能作为前辈在这里与他们畅谈，我感到非常愉快。

"真是没办法呀，我现在也暂且一边从事着电影工作，一边等待时机成熟。"

欧阳君也感慨道。于是我们谈到了上海的电影公司。现在上海称"某某影片公司"的有四十多家，但有摄影棚的仅有一两家。女演员中最近最卖座的是张织云小姐。

不过日本这边的人认为，中国的电影，故事太过崇洋，尚不成熟。"这话确实不假，不过我所在的那家公司将田汉君聘作客座成员，我正打算将田汉君的作品导演出来。"欧阳君辩解道。同时还答应我，过几天带我去公司看看，将女演员们介绍给我认识。

我们从崇洋，谈到了中国戏剧的低俗，然后开始了对绿牡丹的攻击。去年，我在关西看过绿牡丹的《神女牧羊》，最后一幕那段模仿足尖舞的舞蹈实在是跳得不成样子。这种舞蹈只有肉体妖艳的女子跳起来才好看。虽说只是模仿，可实在是跳得太差。我听说这出戏是绿牡丹的拿手作品，更是惊讶得说不出话来。

日本观众对这样的舞蹈鼓掌喝彩，我感到十分可悲。——不，绿牡丹并不是一流的演员，在上海有比绿牡丹更优秀的演员，这是今天在座同仁的一致意见。

今天没有酒，这一点我对其他人也是十分过意不去，好在菜很不错。内山氏说，之前他曾带一名日本厨师来中国，请他试吃了各类菜，问他最好吃的是哪个，对方回答最佩服的是素食。

一般的菜品，好吃是因为食材丰富，是如何烹饪出来的大致也能想象得出，可是，用有限的食材，能做出如此美味且富于变化的素食，实在无法想象是怎么做出来的。那个厨师非常佩服地说，素食的烹饪技巧达到了登峰造极的水平。

其实，中国的素食非常发达这件事，我从朋友笹沼氏——偕乐园的老板那儿常有耳闻，但我之前来中国时没有机会吃，前几天在"功德林"，是我第一次吃素食。不过今天的菜与"功德林"的相比，要更加精致。

我问了他们，原来今天的饭菜是从一家叫"供养斋"的店订的，因其掌柜与内山氏相识，故今天的菜做得更加用心。

我想了想菜品的原材料，主要是麸、豆腐、豆腐皮，其他的也仅有猪牙花、糯米汤圆、面粉。将这些食材变化各种形状，最后做成不同的菜送过来。看上去和普通的菜没什么区别。例如，有燕窝，有烧鸭，有鱼丸汤。用这些食材，可以将羊羹①做成刺身，将豆腐皮做成鳗鱼烧，这便是日本的素食了。但是日本的素食只模仿到了色和形，中国的素食连我们的味觉都能骗过，令人惊讶。

当然，味道不能说是完全一样，但燕窝的那种黏稠的口感，鸭肉的浓重的肉感，浓香的、滋润的、清淡的、深厚的，一般菜肴里所应具备的丰富的味道，这里都有。

说到素食，我一直以为是难以饱腹的寡淡料理，结果没想到与鱼肉一样让人吃得非常满足。厨师的手

① 羊羹：用豆馅儿做的日式糕点。

艺到了这个程度，也可以称之为一种魔法了吧。最奇妙的是，好几道清汤，竟然风味都各异。听说中国有几百种菌，应该是将其用作原料了吧。

"其实，我没想到会这么好吃，我从未吃过这么好吃的东西。"我放下筷子，不由得感叹道。

话题一度转到中国菜，大家开始热烈交谈起来。我之前认为，与北京、南京、苏州、杭州等地菜肴相比，上海菜最难吃，但那是因为一般广为人知的饭馆不怎么好吃，而去搜罗一下一些日本人不常去的小饭馆，倒是别有一番风味。

这些小饭馆，不会使用一些芦笋、英国面包、牛肉、牛奶等西洋的食品，越是下等的地方，就越是有日本家常菜的风味。例如，二马路那儿有一条饭店街，即食伤新道。那里像东京的木原店、大阪的法善寺小巷似的，小饭馆林立，绅士和工人都会去。

前不久，宫崎君曾带着我到过那儿的一家叫"老正兴馆"的小饭馆，那里做的是正宗的宁波菜，据说客人里很多都是宁波人。原料大部分用的都是新鲜的活鱼。吃了那个，让我想起来小时候母亲做的家常菜炖鱼。

之后又拿出河虾和一种叫蟹子的小扇贝，用热水焯一遍，还滴着血就盛入盆中供人食用。四马路的聚晶馆里，有嫩豆腐做的汤，还有炖大芥菜。

一次，我同Ｉ君一起，把心一横去了一家看起来不太干净的店，那里端出来的是煮芹菜（大概中国人比我想象的要喜欢吃蔬菜。吃饭的时候也一直在吃一种叫香菜的菜）。这些菜无论是色彩还是味道，跟我们从小吃的家常菜都无大异。虽然用的油不同，但用的方法很巧妙，所以吃起来一点也不腻。由此我深感日本和中国的风俗习惯是多么相似。

如今在日本不怎么流行的粽子，在中国大家经常吃。日本的粽子是一种点心，还处在尚未开发的状态，这次我在中国吃了粽子后，才明白本家到底还是本家。光是粽子的种类就有二三十种。大致分为甜咸两类，里面包着的不是黏糕，而是糯米。糯米饭中，有的包着豆子，有的放入了火腿适量增加咸味，还有其他各种各样的，粽叶的香味也起了作用。包好的粽子放入像日本的关东煮店里的大锅咕嘟咕嘟地煮，在街旁卖。一个卖三文钱，吃三个肚子准饱了。我说，没有比这更加便宜又好吃的东西了。

"这在这边叫粽子，很好吃的。日本人总觉得那不干净，都不吃，其实是煮好后直接从锅里拿出来的，并没什么不干净的。在中国，那些看似不太干净的地方，有许多美味。"内山氏也深表同感。

"对了，中国人喝日本人最爱的玉露茶①吗？"我问道。

中国人喜欢喝热茶，因此不喝玉露茶，但是对沏茶的方式和茶具的讲究，有自己的一套传统。茶道名人使用的茶具，有很多是紫砂陶等高级品。关于这个有一个有趣的故事：从前，在福州还是哪儿有个财主，因痴迷于茶而倾家荡产，最终到了乞讨的地步。即便如此，他平时喜爱的一个茶具也是片刻不离身。

---

① 玉露茶：最上等的煎茶，甜多苦少，其使用的茶叶是通过遮盖新芽限制日照培育而成的。

有次，他去豪富之家门口乞讨时，提出："很早以前就听说这家的主人秘藏了珍贵的茶具，是精通茶道的名人，希望能赐我一杯茶。"主人颇感稀奇，便请这乞丐进府里喝茶，乞丐说道："茶艺果然不错。不过我这儿有一副茶具，请用这个倒一杯茶喝喝看。"说着，从破烂不堪的衣服口袋里取出一个茶杯，倒入茶请主人饮。主人一试，顿觉香味馥郁，口中满是清香，比他之前拿出来的茶好上百倍。茶叶还是之前的茶叶，水也还是之前的水，然而乞丐的茶杯及沏茶方式，都比主人的要更胜一筹。于是，主人与乞丐之后也经常就茶道交流切磋，成了无双的密友。

"这样的逸事还有不少。"座谈会的话题还未结束，我们约好了再会，便在十点散会了。我邀请郭君和田君，三人一起边散步边聊。

郭君说："日本文人的稿件以四百字为单位，而中国却以一千字为单位。而且，日本的小说，对话都是一行一行地写，中国却是连着都写满。因此，即便是一流的作者，一千字也才七八块大洋，实在是难以维持生计。"

田君说："上海叫'某某大学'的很多，我们都在这些学校当教授来维持生计。光靠稿费远远不够。"然后开始批评日本的现代诸家。他们的观察直击要害，他们不仅读了许多的著作，有时连我们文坛的内幕都知晓，这些也不全在意料之外。

"不久，日本的作品全都会被翻译出版。"田君说道，"周作人是人道主义者，主要翻译白桦派[①]的作品。可是从介绍日本艺术的角度出发，应该更公平地选择作品。"可田君、郭君虽如是说，他们的倾向其实也还是人道主义。菊池氏的文章翻译起来最容易，里见氏的文章最难。这一点我也认同。

二人来到我下榻的一品香旅馆，我们喝着绍兴酒，又聊了一会儿。借着酒劲，两君坦率地说了现代中国青年的烦恼。

---

① 白桦派：日本现代文学的流派之一，指《白桦》杂志的同人及其拥护者。追求基于自我意识和人道主义的理想主义，构成大正文学的正流。

"我们国家古老的文化，正在一点点地被西洋文化驱逐。产业组织被改革，外国资本流入，他们坐享其成。他们说中国是无尽的宝库，开辟了新的生财之道，可我们中国的百姓没有得到丝毫利益，反倒是物价不断上升，我们的生活越来越难。虽说上海是繁荣的都市，可是掌握着其财富和实权的是外国人。并且，租界的奢侈之风逐渐向乡间蔓延，腐蚀着朴实的老百姓的心灵。农民勤勤恳恳地耕地，却赚不到钱，可是又被激起了购买欲，因此越来越穷。我们的家乡田地荒废，农业衰落。"

两君说，这都是外国人的杰作。实际上，我听说的并非如此，排外思想仅出现在北京、上海这样的大城市，去乡间看看，中国的百姓至今仍悠闲地认为"帝国主义与我何干"，对政治和外交毫不在意，吃着便宜的食物，穿着便宜的衣服，安于现状，悠闲地生活着。

"不，不是这样的，农村人现在不像之前那样悠闲了。"两君悲观地说道。

"财富往都市集中，农村渐渐凋敝，全世界都是如此，这不仅是在中国才有的现象。"我说道，"而且，所谓外国资本，主要是美国和英国的资本，他们的钱正在席卷全球。经济上的情况我不太懂，可是日本也是被英国人的金钱势力所支配着的。也就是说，他们在全世界坐享其成，生活在水深火热之中的，不只是中国。而且中国幅员辽阔，只要稍微借一点钱，就能开拓生财之道，这比其他国家好了很多。"

"不是这样的。"郭君立即否定了我的说法。

"日本和中国不一样。现在的中国不是独立国家。日本是借钱来自己用，而我们的国家是任凭外国人摆布，我们的利益和习惯都被无视，他们在我们国家的土地上建造都市、建立工厂。而我们只能眼睁睁地看着我们的国家被蹂躏，却什么也做不了。我们这种绝望的、自毁式的一动不动地等待的心情，绝不仅仅是政治问题或经济问题。这使得我们青年的心情变得如何的黯淡，因为日本没有经历过这样的事，所以无法理解。一旦出现对外事件，就连学生们也都闹得厉害，也是因为如此。"

"日本的所谓'中国通们'可不是这么说的。他们说中国人在经济上是伟大的人种，却没什么政治能力。就算没有，因为他们是极端的个人主义者，对此毫不在意。即便国家的主权被外国人掠夺，他们还是能心平气和地勤勉工作，不断积累财富。这既是中国人的弱点，可也隐藏着其坚忍顽强的特点。中国自古几次被外国人征服，可是中华民族一点也没衰败，反而不断繁衍壮大。反倒是征服他们的人，被中国固有的文化征服，最终融入到'中国'这个大熔炉中。"

"可是以前的征服者，都是比我们文化程度低的民族。中国遇到比自己文化程度高的民族，这是历史上第一次。他们从东西南北入侵中原。他们不仅在经济上入侵，还恶事做尽，搅乱我们的国家。若不是他们借钱给军阀，向他们出售武器，设立租界这样的中立地带，国内也不会像今日这般动乱不堪、战争不断。中国以前也有过战争，可是今日之状态，与以前的野蛮人的入侵和单纯的内乱性质完全不同。我们清楚地明白这一点。不，不仅是我们，全体国民都有这样的觉悟，这次与之前的任何一次都不同，我们的对手不是野蛮人，我们必须认真地去对抗。国家的概念，恐怕比之前任何一次都要更深入地渗透进民众的脑子里。"

"我曾听说过这样的事，应该不实了。"我说道。

"在南洋，中国商人的势力之大令人吃惊。他们掌握所有的实权，荷兰人在他们面前也抬不起头来。可是，这些商人却对他们自己的国家毫不关心，虽有中国领事馆，却也完全不依赖它。他们中的大多数都不识汉字，不会说自己的母语，而是用荷兰语。中国人就是这样的人种，我经常听到这样的话。"

"啊，南洋的中国人现在也已觉醒。他们也逐渐开始领悟，如果没有国家做后盾的话，也只能一点点地被白人压倒。所以，他们现在都把孩子们送回本国接受教育。广东的排英运动，也是因为他们出了大量的资金才得以进行。我们这些文人不能出钱，便将我们苦闷的心情写成诗歌、小说，用艺术的力量去触动全世界人民的心灵。我们认为，这是将中国的烦恼被有识之士所理解的最有效的手段。"

与两君的交谈一直延续到深夜。我认为每一句都很有道理。即便两君的想法有错误之处（我认为没有），困扰两君内心的烦恼也是值得尊重的。两君向我告别时，已是十二点左右。

（三）文艺消寒会

谷崎先生：

我们上海几个文艺界的朋友有消寒会的组织，欲借以破年来沉闷的空气，难得先生适来海上，敢请惠然命驾，来此一乐。

会场　斜桥徐家汇路 10 新少年影片公司

电话　West 4131

会期　本月二十九日午后二时起

上海文艺消寒会敬约

主席　欧阳予倩、田汉

"先生适来海上"的海上，是将上海故意反过来写。欧阳君和田汉君名字前面的主席，应该是发起人或干事的意思吧。消寒会这个名字，是因为前几天见面会时，有人说了句今夜无酒，总觉得少了点什么，过几天再开个消寒会，我们好好地喝一顿吧。于是中国这边便立马用上了这个名字。

充当会场的新少年影片公司离租界很远，这是田君和欧阳君工作的电影公司。之所以选在这样一个交通不便的郊区，是因为想借给我办欢迎会的机会，召集各方面的新人八九十人，来开一个不拘身份、礼节的开怀畅饮大会，这样的宴会在市区的饭馆里开不太合适。"消寒会当天会来很多人，有小说家、画家、音乐家、导演、漂亮的女电影演员，还有从北京来的艺人，到时候把这些人全都介绍给你认识。恐怕这是上海前所未有的艺术家大聚会。"田汉君从之前就一直这样大肆宣扬。

上海的冬天正如谚语"三寒四温"所云，极其寒冷的天气持续了两三天后，便开始阳光明媚，像春天一样暖洋洋的了。田汉君开车来接我的时候，正值这样风和日丽之日的下午三点时分。

"怎么样，收拾收拾我们就出发吧。我刚去会场看了下，现在正是人们渐渐到场的时候，已经开始热闹起来了。我们打算从白天嗨到晚上十二点。"

"那我们不用那么着急过去，喝杯茶再走吧。"

"不喝了，我们现在就出发吧。今天打算给你拍电影，我们还准备了许多节目呢，还是早点去为好。"

车上载着两个人，沿着旅馆前的赛马场，从北至南行走在平坦的西藏路上。混凝土路面像是被擦过的走廊一般闪闪发亮，反射着万里晴空的阳光。

正值旧历岁末，街上人马络绎不绝。汽车、马车、人力车、苦力各自行走在自己的道路上，骑马的军队伴着马蹄清脆的声音从中穿过。街上随处可见戏剧、电影、年末大卖等广告牌。抬着仿佛坐着龙宫仙女般绚丽夺目的花轿的婚礼队列，伴着乐队咚咚的敲击声缓缓前行。目之所及，都是暖洋洋、亮闪闪、眩目、美丽得让人眼花缭乱的事物，"看来是一个暖洋洋的消寒会啊。"我笑着说道。

我们在门口下了车，穿过摄影棚的空地，郭沫若君正站在走廊上挥舞着手中的帽子。站在他旁边，皮肤白皙戴着墨镜的，是欧阳予倩君吧，他今天穿着教书先生穿的中氏长袍。我们上了楼，欧阳君后面的一个年轻妇人优雅地走过来打招呼。那是欧阳君的夫人刘韵秋女士。夫人文章和诗都写得很好，是一位在文坛相当有名的女性。看其外表，不是所谓新女性的打扮，而是一位品位极佳、高雅的女士。"请进，很多人都已经到了。"他们带我进了这个平时是公司办公室的会场。我们穿过第一个大房间，走进第二个房间，那里已经聚集了二三十人。一看，有我认识的方光焘、徐蔚南、唐越石诸君。他们向我一一介绍广东富豪之子、毕业于东京美术学校的西洋画家陈抱一君，最近游于法国和意大利、刚刚回国的流浪诗人王独清君，小提琴演奏家关良君，电影导演任矜苹君，染了头发也是最近刚从法国回来的飞行家唐震球君，剑术大家米剑华老人，还有一些演员和摄影师等，然后带我去了下一个小房间。掀开隔开房间的帷帐，唐震球氏的夫人、欧阳剑倩氏的太太、欧阳予倩氏的妹妹、王慧仙小姐、杨耐梅小姐等，一众夫人小姐女演员们华丽地站着。

"傍晚之前，还会有很多女客人来。张织云小姐也会来。"田汉氏说道。我向美丽的女客们行了个礼后，便立马退回男客人群中了。

夕阳将房间照亮，香烟的烟雾升起，在空中缭绕。说到香烟，在中国招待客人时，除了给茶和点心，还会给香烟。将白铁罐的罐口打开，放在桌子上，若是够不到的客人，便连茶一起，每人分五六根。茶杯照旧是注入水，打开杯盖就能喝的，喝完之后马上又会给你倒满，烟也是，抽没了之后马上给你补上五六根。据说全世界喝茶最多的是俄罗斯人和中国人，对我这种一年四季都有喝茶和抽烟习惯的人来说，这种招待方式是再好不过的了。

总之，无论是吃饭还是抽烟，中国的方式都不会让人感到拘谨，比西方的那一套规矩要自由多了。服装也是各自随着自己的喜好，穿西服套装的陈抱一君，穿长靴的王独清君，穿晚会礼服的唐震球君（照片上的他虽穿着西服，但他后来去换了晚会礼服），穿中氏长袍的任矜苹君，各不相同。诗人王君法语应该很好，但不会日语，我们相互对视时只是微微一笑。田君是干事，非常忙，与我交谈的是陈君和方君。交谈间来的客人越来越多，椅子不够坐，于是大家都去了外面的大厅，好不热闹。留下一桌的烟蒂和一地的花生壳。

"我也曾在日本留学，不过日语已经忘了。"

一个人缓缓走近，谦虚地说道。这是一个五十左右的老人，据说是退役的陆军中将，现在也在拍电影，遗憾的是，我不记得他的名字了。此人毕业于日本的士官学校，回国已有二十多年了。"大地震后的东京现在怎么样了？"他尽力从记忆深处搜寻出一些模糊的日语。说着说着，他似乎回忆起越来越多的词语，与我交谈了巴蜀的风俗、洞庭湖的景色、三峡之险峻等其旅行时的事。

"我们要开始拍电影了。请大家移步户外。"

　　在干事的催促下，我们一个接一个地走到阳台外的空地上集合。最先拍的是米剑华氏的剑术。我记得这位老人已年逾六十，其须髯虽已尽白，但模样里显示出一位武林高手的风采，舞剑的英姿十分飒爽。剑的剑身笔直，两手娴熟地挥舞着两把白刃，刀光剑影之间，让人感觉仿佛在看日本的剑舞，或是拔刀斩。这大概是一种剑法的招式表演，其实中国的武术我是第一次看。米老人结束之后，是欧阳予倩氏表演舞剑。予倩氏是新剧的首领，既然是演员，这点本领还是有的。他耍的不是双剑，而是将一把剑放于眼前，静静地凝视剑身，仿佛眼瞳要穿过剑身似的（那眼神与日本的正眼架势[①]不同。在外人看来是有些奇怪的眼神）。其两腿张开，左手手肘弯曲遮挡头部，右手径直将剑刺出，是一个出其不意地刺杀侧面敌人的动作。与米老人的招式有细微区别。

---

① 　正眼架势：日本剑道中，击剑时把剑头对准对方眼睛的架势。

接下来是关良君演奏小提琴，模仿街头艺人唱歌。上海的《新闻报》上报道此事："复强使关良君奏小提琴，模仿叶鼎洛君老板，作沿街卖唱状，哑戏既毕，叶君持其所戴绒帽，向观众乞讨……然后请日本文学家谷崎君和欧阳予倩君合影，摄影师请二君并肩而立，作谈话状，二君相视一笑，因高度相等，几成 kiss，观众大笑不已，时夕阳在山，镜头不能再用，于是相率入室。""几成 kiss"一词用得多少有些夸张，其他大致如此篇报道所叙。

夕阳渐渐落山，来的客人越来越多，每个房间都挤满了人。已经没有坐的地方了，于是人们三五成群地从那个房间走到这个房间。一群人中，突然有人和着二胡的调子唱起歌来。我从人群中一看，唱歌的是唐越石君。他背对着人群，脸朝房间一角的墙壁，这样因为有回声，声音会更大吧。不知道是因为这就是唱歌一般的位置，还是因为害羞而选择这样唱。不过，中国人唱歌不像日本人那样声音微弱，无论在什么地方都是全身心的、用快要撕裂般的高亢的声音演唱，从后面看，感觉他仿佛要咬上墙似的。不过，即便是我这样的外行人，也能听出唐君的音量很出色，抑扬顿挫也很巧妙。

一曲唱罢，大家还未尽兴，于是他站着又唱了两三首。"那我也来唱一首。"这次田汉君开始唱。虽然与唐君相比稍显逊色，但比我的歌泽[①]和端歌[②]要强多了。

或许是在两君演唱完之后，又或许是在那之前，一位叫郑觐文的老乐师演奏了古琴，但那天太过嘈杂，未能听清。琴的形状与平安朝的"琴"类似，弦的数量也都是七弦。我试着拨动了其中一根琴弦，发出了类似吉他的音色。

在日本只有"菅公遗爱之琴"等古代的物品尚存在博物馆里，但已无人演奏，可在中国，今天仍然有

---

① 歌泽调，日本音乐的种类名称。由幕府统治末期的小曲演变、提炼而成的三味线音乐的一种，歌风浑厚淳朴。
② 端歌，三味线音乐的一种曲目，起源于江户中末期江户城内流行的通俗小曲。明治以后，主要在花柳界的酒宴上作为消遣方式而十分流行，并通过唱片、广播在普通市民中也广为流传。

人会演奏。场内大家都在闹哄哄地交谈着，不知不觉间弹奏已经结束了。据说这是一种曲高和寡的乐器，听的人非常少。实在是遗憾。

到了七点，酒席开始。七八人一桌，但人数多到桌子不够坐。此时张织云小姐姗姗来迟，还来了一位长相出挑的女相面师菱清女士，走道上到处都挤满了人，水泄不通。大家都入席之后，又开始了一轮节目表演。因新年而从北京过来的艺人张少崖氏，合着三味线演唱了一首像是俗曲的歌。三味线的音色很好（我原以为在中国应该是叫蛇皮线，结果发现大家都称其为"三味线"）。他们不像日本似的使用拨片来弹奏，而是在指头戴上弹琴时使用的指套来弹奏。其音色回声很强，音域很广，让人想起弹奏地呗①的三味线。

调子也不是之前那种高亢的歌调，而是低沉的、涩哑的、朴素的，与日本艺人那老成而古雅的声音有

---

① 地呗，日本三味线音乐的一种。与江户歌谣相对应，在关西称京都歌谣为"地歌"。

异曲同工之妙，即便听不懂歌词，其中的韵味还是可以体会到的。唱完一段，一口气喝了杯茶，中间插入了一段类似落语^①家开场白的笑话。

这个也是虽听不懂，但那讨喜的嘴型和眼神与日本的曲艺场表演的表情相同，对于许久没有接触过这样的艺人的我来说，这种感觉甚是亲切。说亲切可能对这位张先生有些失礼，他的相貌与泉镜花^②氏十分相似，镜花先生酒兴陶然地对人微笑时，便会露出这种天真无邪、招人喜爱的眼神。当在座的观众一齐哄堂大笑时，张先生的舌头转得越来越顺畅，眼神也越来越风趣，闪烁着炯炯的光芒。这样一来就更像泉先生了。一般情况下，如果脸长得相似的话，声音也会像，张先生正是如此。正如我想起泉先生那样，现在我也时常想起张先生。

张先生唱完之后，响彻全场的掌声和喝彩声经久

① 落语：单口相声。日本曲艺场演出的一种，以诙谐的语句加上动作，再以有趣的结尾逗观众发笑。
② 泉镜花（1873—1939），日本小说家。原名镜太郎。主要作品有《夜间巡警》《外科室》《妇系图》《歌行灯》等。

不息。接下来是金小香小姐表演的太鼓。

此鼓类似日本雏伎敲打的太鼓，但是比那更平。太鼓的鼓架不是木制的，而是铁制的，当然是站着敲打，像西方的乐谱架般，很高。鼓棒有两根，如鞭子般呈细长形。敲打的方法也很简单，不像日本那样将两根鼓棒交互扬起，而是用鼓棒的前端轻轻地击打，其实，比起太鼓，演唱才是主要的。因此，太鼓的声音被演唱声盖住，几乎听不见，也不觉得有什么特别的技巧。金小姐一边演唱，一边用像鞭子般的鼓棒摆出各种姿势。感觉这鼓棒并不是用来击鼓的，更像是用来摆样子的。唱的应该是《水浒传》或是《三国演义》中的一段，感觉不如张先生唱得有趣。总觉得像是女义太夫在说唱。

田汉君突然站起来，说了一段祝酒词，提议大家为张先生干杯，接着祝金小香小姐健康。然后又说了很长一段话，我几乎听不懂，只听到时不时有"谷崎先生"，我才渐渐明白，这是在说欢迎辞。正是这时候开始，大家都有些醉了，中国的干杯方式是，一口气喝完一杯后，像魔术师验证手法似的，一齐将杯口朝下，证明"我喝干净了"。而且不会像日本那样互相斟酒。

总之，我做了好几次杯口朝下的动作，证明"我喝光了"，就这样喝了好几杯。我原本以为绍兴酒无论喝多少也没什么，后来发现我大错特错。来到中国，喝了正宗的绍兴酒才发现，这也如滩产清酒①一般很辣，与日本的上等好酒一样容易醉。

"来，日本人也来露一手，不能总是中国人表演。"

不知是谁说了这么一句。这时对面一角开始了彻今宵调②的合唱。这是今天同样受邀前来的塚本君、菅原君一群人在唱，令我惊讶的是，很多中国人也在大声唱着彻今宵调。接下来欧阳予倩君用温柔的女声演唱了一段他本职戏剧里的一段。在座的客人们都静下来仔细聆听。"彻今宵调是学生的歌，唱首纯粹

---

① 滩产清酒：日本兵库县滩地区酿造的优质纯酿清酒。

② 彻今宵调，又称笛康叔调（取哲学家笛卡尔、康德和叔本华三人名字的第一个字），日本兵库县筱山地区的民谣。明治时代旧制第一高中学生特别爱唱的歌曲。

的日本民谣吧。"他们再次起哄让日本人表演节目，于是塚本君唱了一首民谣。正如《新闻报》上所登："塚本助太郎君等再次唱起了纯粹的日本民谣，其声呜呜然，诚吾人闻所未闻也。……"

"诸君，接下来由谷崎氏为我们表演精彩的节目。"

这时，郭沫若氏突然站上椅子，拍着手说道。我一时惊慌失措，忙把郭君从椅子上拉了下来。郭君又站了上去，我又把他拉了下来。这时，响起了震彻全场的喝彩声。我实在是没办法了，"要是没有节目那就讲几句吧"，田汉君给我出主意。我请郭君为我翻译，鼓足勇气站了起来。

"非常遗憾，我不会唱歌。那我就来讲几句吧。今天，中国的新文艺运动发展得如火如荼，我从未想过，能为我这个邻邦的作家召开如此盛大的欢迎会，非常感谢。不仅如此，今晚的聚会来的都是纯朴的青年诸君，不拘泥于虚礼，氛围也很自由。我在青年时代，也曾数次与新进作家们一起举办这样的聚会，看到今晚的盛况，让我不禁回想起往事，感慨无限。虽是这样说，但也未老到那个程度（此时，还未等翻译，全场已经响起了笑声）。恐怕在日本文坛，谁也不会想到，我今日在当地能受到如此的欢迎。

"我回国之后，一定要将此作为此番旅行中最重要的见闻讲给日本同仁们听，他们一定会非常惊讶。在此，我本想不仅作为我个人，而是代表日本文坛，向各位表示诚挚的谢意。可是，日本文坛也是派别众多，我若是稀里糊涂地代表了整个文坛，可能会遭到殴打，所以在此，我还是作为我个人向大家表示谢意。"（笑声，掌声，大喝彩声）

我已经坐下来了，可郭君还站着继续说着，于是我问旁边的人他在说些什么，原来他说的是："我的翻译水平还不到家，在座的有懂日语的中国人，也有懂中文的日本人。还请大家多多包涵。"说完之后，全场又响起来拍手叫好声。

不久，大家开始自由离席四处走动。隔壁房间里，刚才那个长相标致的女相面师正在给人看相。郭君吆喝了一声，大家便蜂拥而至一个接一个地请她看手相。任矜苹君搭着我的肩膀，说他拍了一部新电影叫《新人的家庭》，请我明天去看。到此为止的事情我还记得很清楚，之后发生了什么便记不清了。我被大家举着抛向空中，然后我又跟着大家一起把别人抛向空中。我被个子很高的唐震球君用力抱住，围着桌子转圈跳舞。据说我还用英语、德语跟别人说了许多荒唐话，这事我一点也不记得了。我只模糊地记得，我被人抛向空中时，被什么东西打了一下脚，觉得很痛。我喝得烂醉如泥，被郭君、菅原君、塚本君等扶着坐上了车。车开得很快，我有点不舒服，想吐。途中在一个地方下了车，据说是三菱公司的宿舍，我搭在别人的肩膀上，总算是上了楼。房间里烤着暖炉，我又开始想吐。于是我去了阳台，月光下，我看到庭院里有一个网球场。站着的时候感到全身无力，头晕眼花。然后我又被扶上了车，这次只有郭君一个人陪着我了，他把我送到了旅馆。一进自己的房间，马上就真的吐出来了。郭君将毛巾用水冷却，放在我的额头上……

　　第二天早上从床上醒来，仍然感到眩晕。我去浴室脱掉了衣服，看到我的小腿擦破了皮，膝盖也肿成了紫色。裤腿下面，腿部凝血，全成了黑色。恐怕我这十年都没醉成这样过。这真是一场消寒会。

（四）致田汉君的信

田汉君：

　　我的《上海交游记》也写得长篇累牍。回想起来才发现，我去贵地旅游归来，已经过了半年了。我回国之后，从你的来信中得知，除了你还在上海之外，郭沫若君被聘为广东大学的教授，离开了上海；欧阳君去了北京，最近又回到了上海。另外，你与唐震球、唐越石等诸君一起开办了电影公司"南国电影剧社"，贵国的文坛发生了很多事，大家都非常活跃，我在遥远的日本了解着这一切。虽然你说筹不到钱很头疼，但在日本，像诸位这样的新进作家做电影、办公司这件事本身就是破天荒之事，连有这样想法的人都没有，即便有，最后也办不出什么名堂来。说句失礼的话，我原本以为你这次创业有点愚，可在你四五天前的来信中，你说你兼任着电影和学校两方面的事情，非常忙碌，现在也筹到了钱，事业正在稳步推进中，真为你感到高兴（对了，听说前几日，唐越石君带着你公司的电影来日本了，很遗憾，我没能见到他）。听说贵国有很年轻的陆军军官和全权大使，所以青年文人办公司，可能也不是那么令人不可思议的事。无论如何，请你好好干。我没有出资的能力，就在这海的另一边为你加油，默默祈祷你成功。

说到欧阳予倩君，旧历除夕之夜，你带我去欧阳君的家里，与他的家人一起度过了一个欢乐的跨年夜，我至今难以忘怀。现在回想起来，那天晚上在欧阳府上，根据贵国的习惯，来的都是家里的至亲。以一家之长欧阳君为首，欧阳君的母亲、妻子、弟弟、妹妹、其弟弟妹妹的伴侣小唐和小刘，还有可爱的孩子们。——这些人穿着靓丽的衣裳，守岁迎接新年的到来，大家围坐在餐桌旁，桌上摆着类似日本杂煮①的鸭子汤。而作为与你们没有任何血缘关系，且是外国人的我，无论你们怎么邀请我，真就若无其事前往，实在是不懂礼貌。欧阳君暂且不论，其母亲、妻子、妹妹们，在这一家团队的欢聚时刻，突然跑进来一个外人，想必她们一定觉得很困扰吧。可是，你留学日本的时候，应该也有过这样的感受吧。远渡重洋，踏上未知的外国的土地，意外地加入一个欢乐的家庭，受到他们热情的招待，这时内心感受到的是无尽的欣喜。不仅如此，除夕之夜全家人彻夜守岁的习惯。——在日本已几近消失的这令人怀念的习俗，在贵国仍然保留着，在上海这样的受西洋风潮影响很深的城市，还保留着这样的传统，为我种下了许多回忆的种子。我在很小的时候，也像这样，除夕之夜一夜不合

———————————

① 杂煮：日本新年祝福的膳食，放入年糕和菜、肉等合煮的一种汤。

眼，翘首期待着新年的到来，那场景我至今不能忘怀。那时的我，正好是在欧阳君家里见到的，那个可爱的孩子那么大的时候。那些孩子们穿着漂亮的新衣裳，围绕在祖母、父亲、叔父们的麻将桌旁，或从后面窥探，或在家中奔跑，噼里啪啦地放着爆竹，隔壁的房间里法国产的玩具电影放映机放着电影，真是有趣至极。在我模糊的记忆中，日本过去的除夕远不如这般热闹。孩童时代的我，虽也满心期待着早点穿上新衣裳，但大人们不会给我彻夜穿上和服，而且，那时候也没有玩具电影放映机，与中国不同，已经分家的叔父、姑姑们不会带着我的堂兄弟、表兄弟来家里齐聚一堂，所以最多也就是和家里的佣人们烤着年糕，下着双陆棋①。与我小时候相比，那天晚上的孩子们要幸福得多。

另外，那天晚上，家家户户都在门口烧纸钱，

---

① 双陆棋，起源于埃及或印度，奈良时代以前由中国传入日本的一种室内游戏。盘上各置15枚棋子，一方为白，一方为黑，通过从筒里摇出的两枚骰子的点数来行棋，全部棋子先进入敌阵一方为胜。

当然这在日本是没有的。这使我想到了盂兰盆节^①的迎魂火^②，这同样令人怀念，这迎魂火的习惯，在现在的日本也渐渐消失了。七夕的乞巧节等，现在中国还有吗？这些传统的庆祝活动，在日本这边已经很难见到了，如果去贵国好好调查一番的话，能找到许多用于写历史小说的素材吧。在前面写中国菜的章节里，我也提到了在上海的简易饭馆里，能吃到我小时候常吃的家常菜，比那更让我回忆起儿童时代的，就是除夕之夜了。不远万里去到中国，却让我想起了三十多年前在东京日本桥的家里的父母的面孔，想起那有些昏暗的土房子，这是怎样的缘分啊。虽没有日本桥家中的神龛和壁龛，但是欧阳先生的家里，桌上也放着点心，点着一对红蜡烛，也是在祭拜神灵。墙上挂着挂轴，上面写着庆贺的句子。黄铜火炉里的炭火摇曳不定。初更时吃了一顿年夜饭，到了深夜又吃了一顿。整晚茶、

①　盂兰盆节：日本迎接和供奉祖先之灵的民俗性佛教活动。

②　迎魂火：日本盂兰盆会上为迎接亡灵而点起的火。

点心和水果都不断。听说这些都是从欧阳先生的故乡——湖南省带过来的特产，即便不是带过来的，也都是湖南风味的食品，日本也是如此，农村人在城市里过年时，也都是备着自己家乡特色的杂煮来庆祝。那一晚，家里最年长的人比平时更加尊贵，如果我会中文的话，我一定向欧阳先生的母亲说几句祝福的话。"我即便回了日本，因双亲都已不在，故在日本无法度过如此快乐的除夕之夜了。可能会给您造成困扰，还是请允许我这个从千里之外来的游子喊您一声'母亲'。"——这是我想对那位"母亲"说的话。母亲穿着黑缎毛里的外套。我想，这要是我在日本桥的母亲的话，一定是穿着黑色绉纱的和服。欧阳君的母亲比我记忆中日本桥的母亲远要年长，可她那拿着麻将牌的手，皮肤粗糙、关节突起的手指，头上戴着的小发髻。——这一切，与养育了这么多的子孙的"母亲"形象是多么相符啊。

之后我听你说，那位母亲字写得很好，特别是小楷写得很精巧，我深感遗憾。那晚我们集体创作的纪念作品，后来拍了张照向《女性》五月刊投稿，你也看到了。要是知道母亲书法很好的话，一定让她写一个扇面。还有欧阳先生的夫人。——那位娴静、年轻美丽的女诗人，实在是太过谦虚，最后也没能请她写字。如果可能的话，我现在还想请你拜托她二位挥毫泼墨，寄送给我。那纪念作品的照片，现在正在裱糊匠那里装裱，因眼下正值梅雨季，过了半个月还未装裱完成。我时常会想起唐琳君的那首五言诗，并独自吟诵。"寂寞空庭树，犹发旧时花。一夜东风起，吹落委黄沙，落花安足惜，枝叶已参差。人生不相见，处处是天涯。"——这首诗与当晚的情景十分相符，而且其基调，让我感觉十分亲切。

对了，那晚在年夜饭的席上，沉湎于怀旧之情的不止我一个，你也是其一呢。那之后，你曾来我住的旅馆，反复向我诉说你亡妻的往事。在湖南乡下，你也有一位年迈的母亲，还有亡妻留下来的孩子，也在那由你母亲抚养。你送给我的亡妻的照片，以及随照片附上的随感，我也将其做成照片发表了吧。我想把你的文章改成带假名的日语，不过有几个简体字我不认识，于是我翻译的时候把这些内容跳过去了。如有错误，还请你见谅。

民国乙丑年除夕，与谷崎先生谈亡妻易漱瑜女士生平，不觉万感交并。时余妻殁后方一周年，余滞居海上，是夜在老友欧阳予倩氏家中吃年夜饭，见其家人相聚融融□□状，谷崎先生大起怀乡之情。余尤感非常寂寞，盖忧郁之故也。袋中偶携有漱瑜之照片，因此赠予谷崎先生，以作纪念，并表深厚之同情□□。

因这样的情况，当时的你完全是孑然一身，再加上你的学校正在放寒假，对我来说这是再好不过的了。既无恋人也无家庭的你，每天都来找我。带我去转了许多地方，为我做向导。要是没有你的话，就不会有消寒会，就更别提能与这么多贵国的诸君交游了。相反，我却带你这样一个纯真的青年去了"新六三""新月"、舞厅等无聊的地方，真是对不住。在"新六三"注意到袜子上破洞的你，再也不要去"Cafe du Palais""Alcazar"那种地方了。当然，你也不会去了……

除你之外，跟我第二要好的唐震球君现在怎么样了？请代我向唐君和他夫人问好。正月初，跟你一同去陈抱一君那儿要来的两只广东的狗，都平安地带回了日本，可其中一只被偷走了，剩下的那只黑色的母狗，现在已经长得很大了，请将此事转告陈君夫妇。我在这相隔万里的邻国想象着，陈君那位于江湾的宅邸，到了春天一定很美吧。

最后，我对你的《获虎之夜》没来得及登在《改造》的中国刊上，深表惋惜。我看了你《午饭之前》的底稿，对你的日语表达之好感到震惊，但内容还稍显稚嫩。《获虎之夜》我虽看不懂中文，但看了同文书院学生的表演，我想这是个好作品。

今后，你既是实业家，又是教授、创作家，实在是非常繁忙，即便我有机会再去上海，恐怕也没法像上次那样麻烦你为我做向导了。我衷心祝愿你的奋斗取得成功，以这封信作为《交游记》的结尾。田汉君，再见！

大正丙寅（1926 年）六月三十日夜